ESEDRA

Pensieri e Piccoli Racconti

Elsa Bettella

ESEDRA

Pensieri e Piccoli racconti

Elsa Bettella

In architettura, un'esedra è un incavo semicircolare, sovrastato da una semi-cupola, posta spesso sulla facciata di un palazzo.

L'Esedra è prima di tutto un Palazzo.

Un Palazzo Liberty costruito a Padova tra il 1922 e il 1925.

Esedra è anche Tempo: quasi un secolo racchiuso in questo spazio semicircolare.

Nello Spazio del semicerchio trova posto la statua di un re, circondato da un roseto, e hanno trovato abitazione quattro immense magnolie.

Esedra dunque è Tempo e Spazio.

Tempo e Spazio nel quale si condensano Storie, racconti di vita, narrazioni tra generazioni, fantasticherie scritte da chi qui ci abita e che si raccolgono, oggi, in un libro. Un omaggio a questo spazio-tempo-storie.

I Racconti dell'Esedra.

Il Palazzo Esedra di Padova, costruito quasi un secolo fa, sulle vecchie mappe del catasto risulta situato in via Vittorio Emanuele III, poi diventata Viale 4 Novembre ora Via 4 Novembre. La storia è lunga ma si può sintetizzare dicendo che è stato realizzato a seguito dell'idea di dare case e dignitosa sistemazione a un mondo urbano disastrato dalla prima guerra mondiale e a un quartiere del centro (S. Lucia) che si doveva demolire per costruirne un altro più moderno e armonico. Settanta famiglie, più di trecento persone, vi avrebbero trovato abitazione, animando di nuova vita questa parte della città. Una società mista, popolare e borghese. Al piano strada i negozi di tutti i giorni: salumiere (*casolino*), macellaio, lattaio, calzolaio e poi, via via, parrucchiere, pizzaiolo e tanti altri che sono andati ad aggiungersi e a sostituirsi negli anni.

Dal primo piano al quinto le abitazioni, di diversa grandezza, tutte con un terrazzo posteriore, che guarda verso i Colli Euganei. Davanti, un bel giardino e la statua del re, di Vittorio Emanuele II (il monumento stava nella Loggia della Gran Guardia ed è stato messo qui negli anni '30, quando re Vittorio Emanuele II aveva una bella spada di metallo, sostituita poi con una specie di bastone a causa di un furto) che si ergeva, e si erge, in tutta la sua autorità. Le famiglie e le generazioni si sono susseguite; alcuni abitanti attuali sono figli, nipoti o bisnipoti dei primi abitanti. Ci sono sei numeri civici, guardando il palazzo i numeri pari sulla destra e i numeri dispari a sinistra, ognuno corrisponde a una fetta di esedra con le sue scale e i suoi appartamenti, allargati e ristretti, sistemati e ristrutturati nel corso di un secolo.

Al 17 c'è il Bar di Lucia che apre il palcoscenico, mentre il supermercato di Nicole lo chiude. E un via vai di variegata umanità che si dispiega. Al 19 vivono due scrittrici, una al primo e una al quinto piano. Al secondo piano un ufficio di servizi di comunicazione, al terzo il distinto signor Mario, sempre in giacca e cravatta, al quarto Filippo e Margherita, bellissimi bambini, con i loro genitori Tommaso e Silvia. E la signora Maria che nella bella stagione si gode la sua terrazza perfetta con piante curate e amate. Gaia, sempre al quarto, è a Boston per un Erasmus. I dottorandi in cardiologia e pediatria e la musicista abitano al quinto. Agli altri numeri civici vivono professionisti come Silvia e Giulio, professori in pensione come Giuseppe, studenti come Moreno, pendolari, viaggiatori, medici, geometri...

Oggi, grazie alle tecnologie gli abitanti dell'Esedra, e del quartiere città giardino, possono tenersi in contatto attraverso gruppi *whatsapp,* utilizzati per comunicare e organizzare eventi: annuali come "Il concerto verticale" o stagionali come il pranzo autunnale sotto il porticato o domenicali come l'appuntamento con la cioccolata calda invernale offerta da Nicole. Molto utile la *chat* di gruppo per le informazioni veicolate durante il periodo di chiusura per pandemia: un gentile volontario della protezione civile, Massimiano, ha fornito sempre tempestivamente i decreti ministeriali e regionali insieme alla loro non ovvia interpretazione e a vari consigli in merito.

Tante vite, un mucchio di storie dietro la facciata dell'Esedra, dietro queste mura. I racconti, le poesie, le riflessioni di questa raccolta sono nati qui. Al quinto piano di Palazzo Esedra. Talvolta prendono spunto da storie passate di chi ancora ne ha memoria. Altre volte sono frutto dell'immaginazione di chi scrive, guardando persone e paesaggio e prendendo spunto da piccoli gesti. Altre ancora sono semplici riflessioni o sensazioni nate tra la cucina e il sofà, o sorseggiando un caffè in terrazza.

La storia di Giuseppe.

Giuseppe è nato nel marzo del ' 43, durante la Guerra, al n. 16 di Palazzo Esedra. Abitavano in sei nel grande appartamento: padre madre, nonno, zio e una sorellina nata nel settembre '44. Benché fosse piccolissimo ha immagini nitide che ripesca dalla memoria: la madre che lo porta in braccio al rifugio posto sotto lo spazio oggi occupato dall'edicola (della gentile signora Maria Cristina). Ricorda un corridoio umido e il suono della sirena che richiamava al rifugio. Le immagini proseguono e racconta che c'era un altro modo per sfuggire ai bombardamenti: al piano terra del palazzo c'era un appartamento utilizzato come magazzino, pieno di bauli e valigie, dove la gente stava seduta su quelle sedie di legno con il sedile di tela colorata. Lì, ad aspettare che passasse l'allarme e avendo cura che ci fosse sempre, davanti alla finestrella, un materasso per proteggersi dalle eventuali schegge.

Nessun sentimento di paura solo di stranezza per il piccolo. *Butti pani* (brutti aeroplani) diceva quando si dovevano spegnere le luci agli allarmi. Nel '44 sono tanti i padovani che hanno cercato asilo in campagna, in posti che si ritenevano più sicuri. Gli sfollati. Giuseppe e tutti i familiari sono sfollati a Marsango, presso una famiglia contadina.

L'Esedra si è svuotata: chi poteva andava in campagna. I bambini trovavano sempre e comunque da divertirsi. In viaggio verso Marsango era il gioco – avventura.

Genitori borghesi, quelli di G. e G. che non parlava tanto con i bambini, che si esprimevano in dialetto, perché lui il dialetto non lo sapeva! Questo è stata il grande rammarico per G. La madre livornese correggeva il padre, veneziano, ogniqualvolta a questi capitava di scivolare in un errorino dialettale parlando in italiano. G. non ha una lingua d'infanzia, il dialetto l'ha imparato da grande a 18 anni. Ma questa è un'altra storia. Che somiglia un po' alle storie di chi fa fatica quando deve imparare una lingua altra, in ogni parte del mondo, se vuol tentare di inserirsi e socializzare.

Che sia il dialetto o la lingua italiana la vera radice? Ancora oggi G. se lo chiede.

Ma riprendiamo la narrazione. L'immagine che attraversa la mente di G., mentre cerca di ripercorrere la sua storia con ordine, è quella del senso di liberazione, dopo la guerra, quando gli abitanti del palazzo stavano seduti fuori, all'aperto.

Chi erano queste persone? Sembra difficile pensare alla coabitazione di diverse classi sociali poiché a guardarla, l'Esedra, con quella facciata ambiziosa disegnata dal Presutti, sembrerebbe un luogo per la sola borghesia. Invece c'era un panorama misto di classi popolari e borghesi, di artigiani e bottegai, di professionisti e insegnanti. Una variopinta umanità che poteva, e può ancora oggi, chiacchierare dal retro della casa, da terrazzino a terrazzino.

Con un sorriso a fior di labbra G. ricorda che c'era una signora, con un figlio di vent'anni, che teneva le galline in terrazza. Gli edifici sul retro davano su un cortile dove, dalle elementari, si andava a giocare a calcio. La famiglia T. al n. 18 aveva 4 ragazzi. La famiglia B. invece 3 femmine e un maschio: abitava a città giardino ma i ragazzi si univano a quelli dell'Esedra per il gioco preferito: arrampicarsi sul monumento del re! E poi la bicicletta, naturalmente, in giro per città giardino. Senza pericoli, poiché passavano 2 o 3 macchine al giorno negli anni '50... Ah! E la signora delle galline? La signora delle galline aveva l'ovetto fresco quotidiano: il figlio ventenne calava ogni mattina le galline, con una cesta, giù in cortile perché razzolassero libere e verso il tramonto andava a recuperarle, le rimetteva nel cesto e le tirava su. Geniale!

G. rimane al n. 16 fino a 16 anni (che ci sia forse qualche significato nella cabala?) e poi la famiglia si trasferisce al 14.

Il palazzo è sempre stato abitato da una settantina di famiglie mentre il portico era occupato dai negozianti: il fruttivendolo, il lattaio (che vendeva anche i pesciolini di liquirizia e le caramelle), il calzolaio, il salumiere (meglio il *casolino* come lo si chiama qui), il macellaio, il bar... Tanti ricordi, non poche emozioni.

Certo, c'era il filobus in corso Vittorio Emanuele e però sempre tanta bicicletta: mezzo tipicamente patavino.

Scorre fluido il racconto, intramezzato da immagini fulminee che fanno sorridere e altre che commuovono. Alcune anche drammatiche, come la bomba scoppiata nell'ufficio del padre all'Università nel '44. Ma anche questa è un'altra storia.

La chiosa poetica della storia di G. è che era bello svegliarsi la mattina dopo la nevicata della notte quando era tutto imbiancato, pulito, e l'unico segno erano le tracce delle biciclette nella neve. E allora palle di neve e pupazzi. Si viveva e si giocava molto all'aperto, in sicurezza, senza auto. E, a volte, con la neve intatta.

PRIMAVERA

Son tornate a fiorire le rose.

Come per incanto, un mattino sono arrivati con camion, scavatrice, taglia erba e altri attrezzi i giardinieri. Hanno scavato, pulito, inserito un impianto idrico, fertilizzato, rimesso buon terreno e messo a dimora tante rose rosso amaranto nel recinto intorno alla statua del re. Di quelle che a furia di innesti si sono abituate a resistere al caldo e al freddo e che ci potremo godere da maggio a dicembre. Una bellezza! E poi sono state disegnate due grandi aiuole con ortensie e sempreverdi e infine una ghiaia chiara al posto del terriccio indeterminato. Il Palazzo ha acquistato un nuovo tono o, meglio, il suo tono. Un posto particolare questo dell'Esedra: i profumi degli alberi e dei fiori si sentono nell'aria da marzo, con le robinie e le acacie di via 4 Novembre e poi arrivano i gelsomini di via Cadorna e quindi le carnose magnolie bianche dell'Esedra.

Negli anni '70-'80 all'Esedra c'erano già tante rose intorno alla Statua del Re: quelle grandi, profumate e di colore pallido. Le classiche rose antiche di maggio. Erano mantenute e curate da una strana signora che portava sempre una bandiera italiana sulle spalle, amica di quel re che voleva continuare ad accudire attraverso quello che considerava il suo devoto omaggio floreale.

Fin da sempre il monumento e lo spazio intorno è stato luogo di giochi di tutti i tipi per i bambini e i ragazzini. Non c'era la ringhiera, lo spazio era aperto e non recintato. Lungo il bordo si giocava con i coperchi e i tappi corona, poi ci si arrampicava sulla statua del re. Quel re che oggi guarda stupito ai giardinieri in mascherina che gli si affaccendano intorno. Ne aveva viste tante in cento anni, la statua, ma questa poi!

 Già perché uscivamo proprio in quei giorni da una lungo periodo di clausura.

E questa è un'altra storia, anzi, sono tante altre storie che provo a tracciare.

Acquarello con panni stesi.

L'ultima volta che era uscita era stata in laguna, in una bella giornata di fine inverno che sapeva già di primavera. Panni stesi al sole e al vento. Profumo di pulito nella calle, di classe operaia, di dignità. Li aveva fotografati, i panni stesi, in tutti i posti del mondo dove le era capitato di passare e anche quel giorno, lì, a Chioggia. Si era fermata al bàcaro vicino al mercato del pesce. Pausa, si era detta, giornata di laguna e dei suoi odori, di cose altre. E l'aria. Quel respiro impagabile di aria e sole a un tavolino sul marciapiede. A lei stava bene. Proprio benissimo mentre ordinava un altro calice.

Perché respirare non ha prezzo. Così come guardare. Ma bisogna allentare un po' i freni. Lo sguardo deve posarsi su oggetti consueti ma diversi e il cuore bearsi. Poi la mente dimentica ma il cuore ricorda. E oggi, per resistere, si deve ricordare. Passava silenzioso un aereo in uno spazio di cielo calmo. Il lento chiacchiericcio dei venditori di pesce che riponevano le loro cose era sovrastato dal grido di gabbiani svolazzanti, vicini ai tavolini, pronti alla presa. Tutto sembrava convivere. Tutto era lento.

Passato e presente si mescolano nei pensieri. Anche lei ora è diventata lenta, dopo una vita attraversata correndo veloce. Era giovane, giovane e veloce. Ma non faceva le cose con fretta o con l'ansia di voltare pagina, no, amava tutto quello che faceva; lo studio, il lavoro, la famiglia, la cucina, i viaggi. No, non aveva avuto fretta ma per fare tutto doveva essere veloce. Era brava e veloce. Giovane, brava e veloce.

Gli ultimi passanti, sfidando il ritardo a pranzo, approfittavano del pescato rimasto: a quell'ora a un prezzo più basso. Calma, sole, luce, un caffè. Semplicità.

Che la cultura non vi renda arroganti, diceva San Francesco.

Forse pensa a questo, dalla poltrona gialla nella quale è sprofondata in questi giorni di inerzia, ma non inerti, nell'appartamento dell'Esedra. O forse si augura che il tempo della resa a casa propria rivesta panni generosi e faccia sentire come se restituisse a ciascuno un po' di quel tempo passato a correre veloce.

Il Corpo è Mare

quando da fuori si risana
        il corpo torna a sentirsi
da dentro s'espande e
        si distende diventa Mare
inconsapevole Mare
        che tocca carezza sfiora
                accoglie
lo chiamano anche Anima
        lui sente di essere Mare

Muta la bellezza oggi. Sospeso il canto.

Ecco, le sarebbe piaciuto iniziare il racconto in modo poetico, per trasmettere lo smarrimento del fedele dentro la Basilica del Santo. Vuota. Niente sembrava parlare: nessun affresco che avesse voglia di dialogare e lei si rendeva conto che la bellezza può sgretolarsi se a guardarla non c'è nessuno.

La bellezza ha bisogno di occhi e cuore aperti e di menti accoglienti. A volte è un incanto che avvolge qualunque uomo, sospeso, incredulo. Lo avvicina a Dio. Oggi sente che la bellezza è spenta.

Solo quando gli uomini torneranno a guardarla, quando la vedranno davvero, lei tornerà a illuminarli, avvolgendoli nella sua dolce, vivificante illusione.

Un giorno di aprile in basilica

Muta la Bellezza

Sospeso il Canto

Prega la Fatica

senza più chiedere

grave il fruscio di

battiti pesanti

Passati e Presenti

sussurrano: vivi

come se la vita

fosse cosa vera

che per un attimo

solo fa brillare

Qui e Ora.

Erano soliti passeggiare dopo cena, tutto l'anno, bastava che non piovesse o facesse troppo freddo. Lei si legava il foulard sotto il mento, lui portava sempre lo stesso berretto di velluto. A braccetto per le vie della città, arrivavano fino al parco, osservando i grandi palazzi che sorgevano uno dopo l'altro, tutti uguali. Prendevano un liquorino diverso a seconda del bar prescelto. Ne avevano due di bar e due di liquorini. Una vita insieme, loro due, fin da ragazzi.

Erano nati in due città diverse e si erano incontrati nel 1967 perché spediti entrambi in quelle lontane campagne dalla rivoluzione maoista, con il loro libretto rosso in mano. Loro due, giovanissimi studenti, dovevano insegnare a chi non sapeva né leggere né scrivere. La rivoluzione era nata nel 1949 e da poco in Cina si erano festeggiati i 70 anni. Un anniversario contestato da alcuni e celebrato da altri, compresi loro due. Tempi eroici e faticosi che avevano visto il chiaro scuro di un'ideologia che si batteva e si abbatteva per e contro l'umanità. Avevano avuto paura. Erano passati tanti anni, si erano susseguiti tanti capi, alcuni di idee più maoiste altri più confuciane. Come questo ultimo. Tutti i capi, però, avevano continuato a combattere la povertà. Sì, loro due vivevano in un Paese immenso, con una popolazione immensa. Un miliardo e cinquecento milioni di individui. Settecento milioni sottratti alla fame in pochi decenni. Abituati da sempre a mangiare di tutto, ad assorbire proteine da tutto il mondo animale, insetti compresi. Un Paese passato da una condizione di sottosviluppo a una di prima potenza mondiale. Non senza tanta fatica, lavoro e rinunce.

E tutto era cominciato settant'anni prima. Erano stati mandati a insegnare in campagna fin dalla prima estate dell'istituto magistrale. Lei era proprio piccola e spaventata ma aveva subito sentito la protezione di quel ragazzo di qualche anno in più, che le insegnava come insegnare e a che cosa stare attenta. Anno dopo anno. Poi si erano sposati e avevano continuato a insegnare nelle scuole di Whuan. L'avevano vista crescere quella città: lì erano nati i loro figli e tutta quella prima generazione che si era presa il fardello del benessere. Ma guai a parlare di nuovo capitalismo.

I loro cari figli, sempre occupati nei loro lavori, in ottobre, per l'anniversario della rivoluzione, avevano regalato ai genitori il viaggio di gruppo in Europa. Sarebbero partiti in gennaio, poco prima dell'inizio dell'Anno del Topo, ma ancora nell'Anno del

Cinghiale. Sembrava di buon auspicio. Erano commossi ed emozionati. Era il loro primo viaggio all'estero, anche se in Cina avevano percorso lunghi spostamenti, con ogni mezzo, prima di tutto la bicicletta. Il viaggio fu più lungo questa volta, non per il tempo impiegato ma per la distanza dai paesaggi e dalle città cinesi che avevano nei loro occhi.

Era così diverso quel Paese, l'Italia, così elegante e piccolo e con tanti abitanti quanto lo Hubei, la loro provincia. A Parma avevano potuto avere un assaggio della diversità: quei palazzetti di pochi piani e chiese ricamate. E quella luce, non avevano mai visto una luce così brillante e azzurra. Unica somiglianza: le biciclette che attraversavano la città, anche qui. Della seconda tappa del viaggio, Roma, videro solo l'albergo che li ospitò per una notte. Si ritrovarono all'ospedale quasi senza capire. Respiravano male ed erano preda di una profonda stanchezza.

Per fortuna erano nella stessa stanza e potevano tenersi la mano e scambiarsi i ricordi. Non avevano più paura. Una lunga vita da ripassare: quei paesi poveri e incantati sui loro fiumi, le grandi passioni giovanili, le scuole, la fatica, gli ideali per costruire quella giustizia sociale che ancora sfuggiva.

Avevano fatto del loro meglio in ogni situazione che li aveva sempre portati ad agire nel qui e ora. Per meglio dire, si erano sempre allineati all'obbligo del fare qui e ora. Avrebbero fatto lo stesso anche ora, qui, all'Ospedale Spallanzani.

Piccoli, indifesi, ubbidienti come i loro soldati di terracotta. Belli e fragili. Pronti a spezzarsi quando richiesto.

E tutti in Italia, in quei primi giorni di coronavirus, da Nord a Sud, in città e in campagna tifarono per loro.

Donna

Non so come mai io sia stata prescelta per vivere questo tempo storico, giovanissima testimone del movimento del '68, della strage di piazza Fontana, dell'insorgere delle brigate rosse, del ferimento del direttore della banca americana dove lavoravo, dell'assassinio di due giudici fatti saltare in aria con le loro scorte dal tritolo, di un treno squarciato da un bomba alla stazione ferroviaria di Bologna, della stagione di Mani Pulite. Non so perché il buon Dio mi abbia resa testimone di tutto ciò e, oggi, delle conseguenze di un virus invisibile a occhio nudo che sta tarlando ed estenuando il mio Paese. Una ragione ci deve essere. Per questo continuo a credere e ad amare.

A volte penso che io sia qualcosa più della vita che mi è stata assegnata. O, che la vita sia insufficiente. Ma sono una Donna. La donna è creatrice di vita, fiera continuatrice di questa ineluttabile insufficienza. Come se Dio avesse detto: tu donna sarai sempre incinta. E così le donne vivono in uno stato di perenne attesa. Che qualcosa cambi o che possa cambiare. Sono le donne a partorire il nuovo. Soffrono e hanno paura, certo, ma la paura si accompagna sempre al coraggio e questo, nella donna, prende la forma dell'amore, in tante pieghe. Per la creatura che nasce dalla propria carne e per le creature che incontra. Quelle di famiglia, del lavoro, dell'innamoramento, dell'amicizia. Ogni donna è madre. Io sono nata donna, anch'io generatrice di vita, sempre incinta, sempre a cercare nuove strade, sempre a partorire il nuovo. Che altro non è se non una vecchia cosa come l'amore, in ogni sua forma. E, come fanno le donne, vorremmo nutrire e salvare, carezzare ed educare, sorridere e dialogare a bassa voce, cantare e cucinare, curare e rattoppare. Ci proviamo sempre. Non ci rassegnano mai. Anche oggi, in situazione di eremite urbane. Non è enfasi, è la nostra memoria genetica, dentro quella Creazione che non si è ancora compiuta ma è in continuo divenire. Di donna in donna, di madre in madre.

Se ci pensiamo, se lo cerchiamo, lo risentiamo l'amore di nostra madre, insieme alla sua paura, poiché a volte non capiva la sua storia, non sapeva come relazionarsi con quel mondo che la circondava e non si rassegnava, cercava le sue vie di uscita, pensieri e parole e gesti nuovi da inventare senza trovarne di assoluti: partoriva cose del suo tempo. Ognuna di loro testimone di un tempo.

La mia era testimone di un mondo finito in una guerra che aveva devastato anche la sua giovinezza e interprete, poi, di tutta la voglia di risarcimento che ne era seguita. Era dominata da una vitalità irrefrenabile.

E la tua?

Di lei, della madre e di ogni donna, resterà l'amore sentito, il gesto gratuito che ripeschi nella memoria. Testimoni del loro tempo, come noi del nostro. Un tempo finito, mentre l'amore ha con sè qualcosa di infinito che richiede solo di essere riconosciuto e continuato, attraverso ogni tipo di forma. Quelle che ci inventeremo dentro questi giorni malati.

Il bambino che guardava le galline.

Viveva fuori Padova, in una casa di campagna riaggiustata negli anni e che manteneva l'orto e il giardino, un piccolo stagno e gli animali da cortile: l'oca Elvira, anatre senza nome, conigli nelle gabbie e dieci prodigiose galline. Ah, c'era anche il cane Tobia ma lui era come fosse parte della famiglia. Le scuole erano chiuse, le strade deserte, tutti chiusi in casa e Nino passava il tempo giocando fuori, da solo, con i soldatini, con il cane, rincorrendo l'oca ma soprattutto guardando le galline. Le guardava dritto negli occhi e avrebbe voluto interrogarle, carpire il loro segreto. Le seguiva e aveva scoperto che ogni volta che si ritiravano a compiere quel grande prodigio di fare un uovo, dicevano coccodè. Sì, come se fosse una parola. Cioè, comunicavano che avevano fatto l'uovo e che lo mettevano a disposizione. Nino pensava che fosse una cosa strabiliante e non capiva come mai l'uovo, che la nonna vendeva, costasse così poco. Ma possibile che i grandi non capissero il valore dell'uovo? Consideravano le galline stupide e davano via le uova per pochi soldi. Ma che cosa avevano in testa i grandi?

Lui da grande avrebbe studiato e avrebbe spiegato e insegnato il valore della gallina e dell'uovo.

Il bambino che guardava le galline diventò professore di economia ma trovò solo teorie che spiegavano perché l'uovo costasse poco.

Si sentì tradito da quel mondo e cominciò a scrivere poesie. Sulle galline e sull'uovo.

Lì, sì, che c'erano le risposte!

Analisi da virus

Ho cinque amiche, una diversa dall'altra e tutte da me. E una cugina. E ho tre amici. Li sento poco, ma so che ci sono. Vivono in posti diversi, fanno cose diverse e non si conoscono tra di loro. Nove personaggi, troppi per un racconto breve, mi soffermerò solo sulle donne.

Non siamo un gruppo e nemmeno una rete, sono solo persone care. Potrei definirle le mie amicizie diffuse e in questi giorni affiorano le domande: perché siamo legate, qual è il denominatore comune? Simona l'ho conosciuta a una scuola di recitazione che ho frequentato per un tratto e mi ha colpita per la sua esuberanza, la passione, la voglia di vivere. Con Emanuela ci siamo conosciute per lavoro e abbiamo scritto insieme un progetto in Sud America, in una città pericolosa dove però lei sapeva muoversi determinata e senza paura. Roberta l'ho incontrata in Australia dove era andata per alcuni anni come addetta culturale al Consolato di Brisbane. Per Teresa ho lavorato come formatrice dentro la sua istituzione: intelligente e volitiva, sempre a cercare di creare lavoro per il suo territorio. Anna è una lucida idealista che sogna altri mondi, pazza come me. Maria è la presenza sicura e gentile di questo tempo in questa città. Incontri geo casuali come solo la vita sa creare.

Passeggio, in questi giorni, per quel poco che si può, con corpo e mente un po' oltre i limiti, dentro una primavera irrefrenabile in una città stupefatta: fatta dagli uomini per gli uomini che ora accoglie solo luce e spazi. E per un motivo che non ricordo, mi sono anche messa a rovistare tra le foto che tengo sparpagliate dentro una grande scatola di latta. Mi sono imbattuta in una bella immagine che ritraeva Emanuela e me alla festa per i suoi cinquant'anni: eravamo entrambe belle ed eleganti. Allora ho frugato nella memoria. A ognuna avevo regalato un negligé di seta con relativa vestaglia: volevo qualcosa che facesse ricordare loro che erano belle dentro e fuori. I ricordi...
Non ci si può incontrare fisicamente: ormai tutto viene vissuto attraverso la via tecnologica, così parole e foto sono condivise su *whatsapp*. Siamo state fortunate ci diciamo: niente ci aveva mai portato via il tempo. Ora questo subdolo ladro si è insinuato nelle nostre vite, e nessuno ci potrà più restituire questi giorni mancati. Ma è proprio così? È proprio tempo rubato? Sono proprio giorni mancati perché non pervasi da attività esterne? O non è, forse, il tempo dello scavo. Che cosa ci unisce? Ecco che

affiora una prima risposta: il Coraggio di buttarsi in battaglia pur sapendo alto il rischio della sconfitta. Solo questo? Il coraggio è di tante donne. E, scavando ancora, ritrovo la seconda risposta: il Dolore per la perdita o per l'abbandono. Sì, dietro la nostra forza era sempre stato in agguato il dolore.

Ho trovato ciò che cercavo, mi dico. Ma proprio quando credo di avere terminato appare ancora più in profondità un altro tratto unificante: l'Attesa. L'attesa è come un magma in fondo al cuore: un sentimento misto di pena e di pietà, di immaginazione e concretezza. L'attesa che qualcosa cambi nel mondo. Non ci siamo mai rassegnate alla dura realtà.

Felice dell'analisi, sorrido. E mentre mi avvicino alla Pasqua mi vengono incontro altre parole e altre gesti da amiche e amici recenti, eppure già così cari. Si accende una luce accecante a illuminare mente e spirito. Che cosa c'è di più, che accomuna me alle amiche storiche e a quelle più recenti? Ci deve essere qualcosa di grande, quasi sublime.

E, inaspettatamente, scorgo dentro al magma, lo scintillio di due gemme rare: Gioia e Leggerezza. E anche il magma, grazie a queste, si va trasformando in lago trasparente, che sa attendere paziente l'arrivo di una barca, di un pescatore, di un bambino che lancia un sasso, sorridendo.

La verità.

Già, la verità.

Avrebbe mai potuto dirla la verità? Nessun concetto, sola una concatenazione di eventi e fatti. No, meglio tacere e dire solo mezze verità. Tanto a chi o a che cosa sarebbe servita, ora, la verità? Era troppo tardi per cambiare il corso del presente e per il futuro sarebbe già stata di ritorno e avrebbe parlato faccia a faccia con qualcuno che fosse in grado di comprendere e prendere decisioni.

Ora avrebbe scritto il suo rapporto in modo che fosse credibile, senza dire il falso ma senza dire tutto. L'avevano voluta mandare in Cina con il mandato di scoprire se fosse vera quella stronzata del pipistrello e allora cavoli loro! Perché proprio lei, poi, non se lo spiegava. Ah, sì, ecco: non volevano un operativo o uno della struttura ma una persona dall'aria innocua. Lei poteva passare inosservata e quindi indagare senza essere sorvegliata. Ma ce n'erano altri di free-lance dall'aspetto innocuo che collaboravano con il ministero, perché lei? Perché ti adatti subito e sei brava a fare collegamenti era stata la risposta. Dopodomani chiuderanno i voli, quindi sbrigati perché partirai domani, sotto la copertura di studiosa di storia della medicina che sta scrivendo un libro, sei già accreditata. Medicina, io? Non ne so niente. Dovrai bluffare, sei una storica, no? metti in piedi un piano che regga e buona fortuna. Ed eccola qui, di ritorno a Pechino, sola con le sue verità e i suoi dubbi, alle prese con il rapporto. Che cosa diavolo poteva dire? Da Pechino si era spostata a Whuan, naturalmente, ed era riuscita a parlare con il tecnico di laboratorio che aveva isolato il virus. Tutto il resto erano fili sottili e collegamenti scottanti che portavano a una unica verità. Che dal profondo del cuore avrebbe desiderato fosse diversa. Avrebbe scritto che sì, veramente il contagio si trasmette dal pipistrello a uomo e che poi può variare di intensità ma che diventa sempre più debole nella trasmissione da uomo a uomo. Non avrebbe detto che il contagio era partito dal laboratorio e non dal mercato. Avrebbe detto che in laboratorio stavano studiando il vaccino, seguendo due vie: combattere il virus o aumentare le difese. Ma avrebbe taciuto del progetto. Anche perché era chiaro solo nella sua testa. Aveva tanti collegamenti ma poche prove. Erano molto abili a nasconderle, pur se non del tutto: facevano vedere qualcosa perché si potesse intuire il resto. Avrebbe mai potuto dire che avevano diffuso scientificamente il virus tra la loro popolazione come test, che avevano stabilito che le perdite non dovessero superare le 4000 persone, che ci sarebbe stata una quarantena plateale sottolineata dalla chiusura di ogni mezzo di trasporto e dato l'allarme perché si credesse alla loro completa buonafede e sincera propensione all'aiuto?

Avrebbe mai potuto dire che per il test di diffusione in Europa era stata prescelta l'Italia, e il contagio era avvenuto tramite un gruppo di giovani designer cinesi, a Milano in gennaio? L'Italia non era stata una scelta casuale ma pragmatica: c'erano tanti vecchi, ci sarebbero state morti, effetti collaterali, niente di personale, ma la cosa avrebbe destato una grande impressione. Casomai, loro sarebbero intervenuti in aiuto. Poi si sarebbe infettato Boris Johnson, un altro piccolo avvertimento. Gli Stati Uniti sarebbero venuti dopo, e lì sarebbe stata una lezione. Quella necessaria al negoziato con l'imprevedibile presidente che non riuscivano a capire, perché mancava di qualsiasi logica nelle sue decisioni. L'epidemia l'avrebbe ammorbidito, sarebbe stato più facile fare scivolare delle proposte.

Ah, bisogna ammetterlo, avevano una strategia grandiosa. Come grandioso e fuori da qualsiasi schema etico e della tradizione politica, era il loro grande Paese. Ecco il finale: noi cinesi abbiamo già il vaccino, per questa e altre pandemie. Sta a voi decidere se smettere con queste puttanate delle tariffe doganali, delle interruzioni che ci causate nei tragitti della *Great Belt Road* nei paesi asiatici e soprattutto niente più casi Huawei per frenarci nella ricerca sull'intelligenza artificiale. Niente più bastoni tra le ruote. Aprite gli occhi. Dominiamo tutta l'Asia e la Russia è con noi. L'Europa? Quale? L'Unione Europea non batte colpo.

Su come gestire il governo del mondo, ci penseremo e ne discuteremo insieme in un secondo momento. Avete capito o no che non si può prescindere dalla Cina? In nessun campo.

Eccola la verità che non avrebbe scritto in alcun rapporto. Perché le avrebbero dato della visionaria complottista. Era una verità buona solo per un innocuo racconto. Magari un giorno rivisitato nello stile Realismo Magico a lei tanto caro, quello di Marquez e di Sepulveda, pace all'anima loro.

La vita umana è percorsa da una strana solitudine, una solitudine singolare che ci riporta e ci collega, però, a una memoria archetipica e genetica che ognuno di noi sperimenta nel corso della propria vita.

Ho provato una specie di immedesimazione nella lettura di alcuni trafiletti sul giornale che raccontavano le vite di persone mai viste e conosciute, travolte dal virus e mi sono immaginata...

La principessa.

"Addio Franco". Saliva dalla folla gremita sul piazzale l'eco dell'estremo saluto al dittatore. "Ma dove vanno tutti?". Sussurrava l'indomito leader dal suo letto.

Era la storiella circolata per molti anni dopo la sua morte.

In piazza c'erano i suoi fedelissimi mescolati a coloro che non vedevano l'ora che venisse per lui l'ora. Come in tutte le guerre civili il popolo diviso a metà. E c'era lei, Maria Teresa, la bella principessa dei Borbone, giovane e fiera, orgogliosamente avversa a ogni tipo di autoritarismo violento e agli uomini che l'avevano insensatamente interpretato. Che liberazione quel giorno! Un senso di potente giustizia divina, là dove non potevano gli uomini. E così fu come se quel giorno segnasse l'incipit del suo romanzo: la principessa rossa, antifranchista, antimonarchica, di idee progressiste e socialiste. O semplicemente democratiche; che la vedevano sempre schierata dalla parte del popolo e lontana dai potenti e dai reazionari. Aveva anche scansato i ruoli imposti dal suo nobile lignaggio e cercato di vivere in coerenza con le idee nelle quali credeva, sempre lucida e attenta verso le cose del mondo, che più si globalizzava e più si divideva. Lei li chiamava i nuovi ossimori. Quando era stata colpita dal virus era serena: aveva trascorso una lunga vita, ricca di stimoli, idee, amici, battaglie vinte, che neanche l'avrebbe combattuta quest'ultima. Anzi, ebbe un fugace pensiero che la fece sorridere: ci voleva un virus per unificare un Paese e un Mondo sempre diviso su tutto. La democrazia del virus. Bello l'incipit. Chissà se qualcuno ne avrebbe mai ricavato un racconto.

L'ex prete.

Non si è mai ex-prete. Quella formazione e quell'imprinting te li porti per la vita. Oggi è mancato, quasi novantenne, don Ezio, l'amico di don Milani che amava gli ultimi, molti anni dopo il priore di Barbiana, continuando una vita su quella scia. **I care,** erano state le parole di don Milani ad accompagnare la vita di entrambi, di Lorenzo e di Ezio. I care: mi interessa, mi importa, me ne prendo cura. Essere amico di don Lorenzo Milani era stata una grande avventura. Insieme al priore.

Ezio accolse tanti ragazzi poveri, orfani e derelitti, cercando per loro un futuro cominciando dall'istruzione e dall'amore. In particolare, nel 1955 don Ezio si era rivolto a don Lorenzo perché accogliesse un ragazzo ripetutamente fuggito dall'orfanotrofio Magnolfi di Prato: Michele Gesualdi, allora undicenne, poi diventato sindacalista, uomo politico e infine presidente della Fondazione don Lorenzo Milani. No, non era facile essere amici di don Lorenzo, ma don Ezio ci era riuscito: il capolavoro dell'amicizia. Insieme avevano percorso sentieri inediti, ribaltato ruoli, richiamate responsabilità, ubbidito e disubbidito. Si erano battuti per quegli ideali di amore per il prossimo e di giustizia sociale dei quali erano intrisi. Poi nella vita di Ezio Palombo accadde qualcosa di speciale: una ventina di anni fa, già settantenne, si innamorò di una donna e per lei lasciò il sacerdozio. Non era stata una deviazione dalla sua vita, era una nuova addizione. Solo che invece di dirle ti amo, le disse I care.

Un Bene Comune vulnerabile.

Quel giorno, Guido, affacciato dalla sua finestra al quarto piano dell'Esedra, si era messo a pensare al senso del limite. Per le molte cose incompiute e il poco tempo ancora a disposizione. Pensava al limite temporale, ai limiti umani, ai limiti dei confini. Confinati in Europa, confinati in una città, confinati a casa. Confinati in un mondo, in questo mondo. Chissà quanti altri ce n'erano, ma lui oggi viveva di questo, in questo. Il senso del limite che oggi politici e scienziati onniscienti chiamavano vulnerabilità, fragilità, riferendosi alla fatica di vivere e di morire per le persone anziane. Mentre lui pensava alla vulnerabilità del bene comune, come l'aria, l'acqua, il territorio.

Il senso del Bene Comune. Quello di oggi dovrebbe essere uno sguardo denso e attento che metta in relazione i diversi spazi, i beni indispensabili. Uno sguardo diverso da quello quotidiano e distratto di prima, di quando si usa il territorio senza più vederlo, dando per scontato che ci sia. Come si dà per scontato che si possa sempre respirare aria e usare acqua senza limiti. Il territorio è corpo vivente e, come i corpi delle persone, vulnerabile, delicato e limitato. Non si può sfruttare a oltranza, ti impone di pensare all'esistenza del limite. Non solo in termini filosofici ma per potere continuare a vivere.

E si chiedeva: ma il mio sguardo è uguale a quello degli altri? Di chi passa sotto casa in questo momento, di chi entra al bar, di chi attraversa il giardino? Le cose che io vedo e percepisco sono le stesse che vedono e percepiscono gli altri? Filosofia? Più che altro dubbio. Dopo tanti anni di individualismo. Forse, la concordia nazionale in questo Paese non è mai esistita. Eppure, gli pare necessario che lo sguardo sul Bene Comune sia lo stesso di tutta la comunità: coesa e fiduciosa. Un ottimista, lui? Forse sì. Nonostante gli anni o chissà proprio per questo.

Ora gli era chiaro il significato di quei concetti di capitale umano e capitale sociale (che strano che nei drammi tutto diventi più chiaro!) che racchiude un insieme di sapere ed esperienza da un lato e di lealtà sociale, partecipazione e identità culturale dall'altro. Questo capitale sociale è necessario per fare fronte all'opportunismo e all'individualismo, altrimenti la comunità si disgrega in una lotta per l'accaparramento infischiandosene delle regole e della vulnerabilità del territorio ritenendo normale che ognuno pensi solo ai fatti propri e cerchi di accaparrarsi quanto più può.

Abbiamo bisogno di capitale sociale nel nostro territorio, rifletteva: di un impegno collettivo e generoso, di uno sguardo attento e accudente per prendere decisioni e stabilire priorità. Magari dopo, per prendere azioni, ma ora per pensare alle polveri sottili dimezzate, all'acqua ritornata limpida.

Il territorio è il nostro Bene Comune. Prima che valorizzato va salvato e curato, come, per fortuna, si fa nel nostro Territorio con gli Anziani.

Sono ateo, grazie a Dio.

Un amico mi scrive:

"Ho litigato un'altra volta con Dio.

"Quando serve il tuo aiuto, non ci sei mai. La sofferenza degli uomini la risarcisci con il paradiso, ma le nostre vite ci sono care qui e subito. Perché non fai più il miracolo di far guarire gli ammalati? Lo vedi come procede questo virus? Si sta propagando, ammazzando tante persone, soprattutto i vecchi. Anche il papa ti ha chiesto aiuto, ma tu sei il dio del silenzio. Sai tutto, puoi tutto e non fai niente. Allora hanno ragione quelli che dicono che non esisti. Che il Vangelo è solo un favolone per tenere buoni i sofferenti e le beatitudini il primo antidolorifico della storia. Non mi serve la tua parola per amare il prossimo: lo so da me".

Poi, mi sono calmato. Ho pensato che dovrei essere io la provvidenza per gli altri. Che il grande miracolo è la responsabilità anche per gli sconosciuti. E mi è sembrato brutto avere avuto tutti quei pensieri. In questi momenti di conflitto, mi torna in mente la frase che mi disse un amico gesuita da ragazzo, quando già mi tormentavo di dubbi, pur facendo volontariato nelle borgate: "Se sei agitato, stai tranquillo: il vero rapporto con Dio è inquietudine. Il litigio è preghiera".

Ciao. Massimo"

Rileggo due volte la lettera dell'amico e mi viene in mente il frammento di una lezione sulla lettura della Bibbia, su ciò che dicono alcuni ebrei: "Sono ateo, grazie a Dio". Che sembra un paradosso ma che sta a significare il distacco dal fanatismo, di chi non si sente possessore di Dio. Ma si sente errante, in cammino, in ricerca, in divenire. Insieme a Dio, che diviene insieme all'Uomo.

L'ebraico è una lingua consonantica (di solito tre lettere) e colui che inserisce le vocali può dare vita a significati diversi. Bastano tre consonanti per creare sei possibili significati. Vuol dire che il traduttore ha una responsabilità etica, più che estetica, non indifferente.

Ognuno è chiamato a trovare nuovi significati. I significati sono infiniti. Come infinito è Dio.

Vorrei rispondere al mio amico che in ebraico non esiste il verbo essere all'indicativo. "Io sono" in ebraico non c'è: il versetto della Genesi che noi traduciamo "Sono Colui che è", in verità potrebbe essere tradotto (anche se sarebbe meglio non tradurre) "divento Colui che diventa", "divento insieme a te, uomo".

La Creazione non è avvenuta. È in atto. E noi ne siamo co-creatori.

Se si ammala in nostro Corpo si ammala anche la nostra anima, perché corpo e anima sono un tutt'uno, non c'è divisione, non c'è separazione. La trascendenza nasce nell'immanenza..."

Vorrei scrivere al mio amico: Massimo, è così semplice. È scritta nei nostri corpi la storia e nel cibo e nel vino e nelle parole salvifiche che ci scambiamo. Anche nella tragedia del virus. Siamo co-creatori, non dobbiamo smettere di impegnarci insieme a Lui. Forse anche Lui non è così onnipotente senza di Noi.

Vecchio e Nuovo – Pensieri in libertà.

È bello sapere che siamo tutti insieme nella stessa situazione e che troviamo ogni giorno gesti di amicizia: un messaggio, un video, un consiglio, un suggerimento. Tutto per starci accanto. La primavera ci sta sfuggendo: lo sfoggio dei fiori e dei colori è solo per sé stessa, come se ci avesse messo in punizione.

Non possiamo guardare fuori e ubriacarci di paesaggio, di attività, di socialità e così guardiamo dentro. E siamo sempre sull'orlo dell'abisso. Dobbiamo trattenerci sull'orlo. Guardare ma non caderci. Ciascuno di noi sta cercando parole nuove. Che non trova.

Fuori tutto chiuso, i cuori e le menti provano a rimanere aperti. Ma diventa difficile e ognuno si sente solo con le sue paure più profonde. Così cerca di leggere il quotidiano, un libro, vedere un film, confina i telegiornali alla sera o al mattino, per non intossicarsi. E pensa: i pensieri lo inseguono: primi giorni di isolamento si trasformavano in parole di incoraggiamento, di speranza, curiosità a volte. Poi quelle parole non bastano più, mentre non ne troviamo di nuove, né per noi né da condividere.

E tutto questo tempo ci fa ricorrere alle nostre risorse più profonde e anche a piccoli gesti di solidarietà. Stasera lascerò alla porta dei miei vicini (due giovani medici specializzandi che passano la giornata in ospedale) una torta di mele. Non credo che abbiamo tempo di cucinare, escono prima delle 8 e tornano dopo tredici ore, se va bene. Mi farà stare meglio? Un po'. È la ricetta che mi ha mandato mia figlia stamattina (cioè la sua sera) accompagnata dalla foto. Dice che ha imparato da me, ma adesso è diventata molto più brava di me. D'altra parte, se ne è andata via così presto. Dicono che faccia bene occuparsi di attività manuali: cucinare, fare pulizie, giardinaggio, anche fare ginnastica.

Diventeremo più generosi o più aggressivi? Il turbocapitalismo diventerà sviluppo sostenibile? Avremo più cura dell'Ambiente o l'ansia di trovare o ritrovare il lavoro e la vita di prima farà il gioco delle multinazionali? I governanti capiranno che ci vuole solidarietà e uniformità di intenti perché le questioni globali vadano governate con soluzioni globali? O vinceranno come al solito le nazioni più forti. E la disuguaglianza sociale? Chi lo sa.

Che cos'è e che cosa sarà il nuovo e come vi potrà contribuire ciascuno di noi? I più giovani tra noi dovranno essere lucidi e forti per reagire con le loro proposte dentro quel laboratorio che diventerà il mondo. I più anziani tra noi come ne usciranno (se)? Sarebbe bello che si potesse essere ancora utili.

Ciascuno troverà la propria ricetta, non ce ne sarà una per tutti. Certo, questo periodo ci ha fatto proprio tornare a casa, tutti, per ritrovare le cose fondamentali. Alcune che ci sembravano importanti saranno ridimensionate mentre altre, che davamo per scontate, riemergeranno con tutta la loro forza.

Vecchie cose che forse riscopriremo e ricopriremo di Nuovo.

Immaginazione e Gesti

Responsabili della nostra immaginazione?

Comincia dai sogni e dall'immaginazione la nostra responsabilità, verso di noi e verso gli altri. Ma senza immaginazione c'è solo un vuoto stupido e incolmabile, fatto di pregiudizi e di valutazioni frettolose o di opinioni altrui prese in prestito.

Il virologo insegue il virus, lo tallona, lo circonda, lo isola.

L'infettivologo si occupa del paziente infettato dal virus e lo cura, togliendolo alla comunità, isolandolo.

Gli addetti alle terapie intensive, eroi stremati, così come coloro che trasportano gli ammalati e i medici di base, che si occupano di loro, continuano lo sforzo. Poche mascherine, pochi respiratori, pochi posti letto, pochi medici e infermieri specializzati. Una battaglia a mani nude con un nemico sconosciuto.

Lo scienziato della terra allarga lo sguardo alle concause per la nascita e la diffusione del virus. Studia i territori, coglie i denominatori comuni, trova le ragioni e cerca collegamenti: inquinamento, agricoltura intensiva, allevamenti intensivi, corridoi di correnti freddo-umide, urbanizzazione.

Lo scienziato sociale avverte e osserva il cambiamento nei comportamenti dei gruppi, studia i nuovi fenomeni che scaturiscono dall'isolamento forzato e da cancellazione di comunità fisiche.

Lo psicologo sociale avverte che l'individua e la massa sono in uno stato di angoscia perché la vita alla quale si era abituati va ripensata perché - anche se temporaneamente - è cambiata.

I cambiamenti mettono sempre paura.

I politici cercano di imporre nuove regole, cercano denaro pubblico e privato per tamponare la situazione ma mettono a nudo una realtà sanitaria carente da anni.

Chi può lavora da casa.

Ognuno fa la sua parte.

Perfino il Papa, disubbidiente alle regole imposte, si reca a pregare Dio perché faccia terminare l'epidemia. È cambiato poco dalla peste del '600.

Ma grazie alle tecnologie informatiche riusciamo a mantenere i contatti e a scambiarci lettere, racconti, baci e abbracci virtuali. A inviarci messaggi di vicinanza e solidarietà. A proseguire la nostra comunità e a farci coraggio. Gli uomini e le donne si scoprono fratelli proprio ora, per paradosso, in mancanza di una fisica manifestazione di fratellanza. Nessuno vuole contagiare il familiare, il vicino, l'amico ma tifa per lui. Qualcuno canta dalla finestra o mette musica. Così ieri ho brindato dal terrazzo del quinto piano con la vicina del primo. E sempre qui, all'Esedra, al numero 14 hanno festeggiato la domenica con una tombola: chi stava al piano cortile chiamava i numeri e dal primo al quinto piano i vicini rispondevano gridando ognuno dal proprio balcone: ambo, terna, quaterna, tombola.

Questa la realtà concreta.

Nell'immaginario ognuno di noi sta vivendo un tempo profondo e sacro che avrà bisogno di nuove parole per farsi racconto.

Ricordo Gerardo.

Non ricordo di averti mai visto senza Rosanna.

Ricordo che portavi il codino, una polo d'estate e il dolcevita d'inverno e andavi in ufficio con la 500 rombo di tuono.

Ricordo che ti mettevi sempre una mano in tasca.

Ricordo come ti arrabbiavi per quelle che consideravi ingiustizie, di qualsiasi tipo.

Ricordo che non ti piacevano i mediocri e le mediocrità.

Non avevi un atteggiamento compassionevole. Eri asciutto e intransigente. Ma eri sempre pronto e disponibile ad aiutare e a dar consigli, se te lo chiedevano.

Ricordo la tua generosità e il piacere di avere ospiti.

Ricordo come ti piacesse discutere con Rosanna perché ti teneva sempre testa e aveva argomenti e punti di vista diversi, ai quali non avevi pensato. Ti imponeva sempre nuove sfide e non ti sottraevi.

Ricordo, e lo ricordi anche tu, che nel momento della tua fragilità, quando tu hai davvero avuto bisogno, lei c'è stata.

Lei c'è stata sempre.

Ricordo che abbiamo riso, mangiato e passeggiato insieme in campagna nelle Estati e nelle Pasque.

Ricordo il piacere di parlare di politica, economia, società, visioni, nei dopo pranzi e dopo cene.

Ricordo che siamo stati genitori al terzo e al quarto piano, di bambini prima, di ragazzini e di adolescenti poi. E abbiamo avuto gli stessi patemi d'animo.

Ricordo le feste di due matrimoni.

Ricordo l'affetto tra le nostre famiglie.

Nessuno se ne va davvero fintanto che lo si ricorda.

Gli amici

camminano fianco a fianco

Adeguano il passo all'altro

Parlano in silenzio scrivono

uguale verità nel gesto

Non sanno dell'approdo

Avranno sorrisi e foto

tramonti luoghi oggetti

una strada di attenzione

e avanti per addizione

Feriti da dura battaglia

offesa di tempo rubato

lenita e consolata da

similitudini tra singolari

resilienti sognatori

Epidemia

Il primo a utilizzare la parola epidemia (dal greco "sul popolo") fu Omero. Nell'Iliade, Agamennone, re degli Achei nella guerra contro i Troiani, rapisce la figlia del sacerdote Chrise. Questo si reca dai nemici ed implora la restituzione della figlia, Criseide. Agamennone rifiuta. Allora, il dio Apollo, in risposta alle preghiere di Chrise, punisce gli Achei con una epidemia. Molti Achei moriranno nelle navi ormeggiate vicino a Troia.

Pandemia

La prima pandemia risale al 2003: la Sars (*Severe acute respiratory syndrome*). La causa era un nuovo coronavirus (Sars CoV)

CoVid-19

Il Sars CoV2 responsabile dell'attuale pandemia Covid-19 presenta molte analogie con i suoi cugini, tutti di origine animale. Ci sono molti virus animali che possono contaminare la specie umana.

La tragedia greca

L'uomo non sceglie il proprio destino, ma ne è scelto. Fa pensare a questo l'immagine che abbiamo tutti negli occhi di decine di camion dell'esercito che trasportane le salme dei morti da covid-19.

Avrebbero mai potuto scegliere quel viaggio?

Potremo mai dimenticarle, qui all'Esedra, come nel resto d'Italia le immagini di quel viaggio? Forse esorcizzandole con altre immagini: quelle di oggi, tutti insieme a festeggiare le rose.

ESTATE

Città del cuore.

Affacciata alla finestra, con l'ultima luce che illumina qua e là il cielo plumbeo, gravido di nuovi temporali, lo riconosco. Sì, anche Padova è una città del cuore. Anche adesso, d'estate, in una strana giornata di fine luglio, con l'afa nascosta appena sotto la pioggia. Riconosco le case, le finestre, i rari passanti. È venerdì, saranno andati tutti fuori per il fine settimana o per le vacanze.

Fa tenerezza il giardino curato, le rose, il re Vittorio impettito e imperterrito. È bella questa città, più di quella che ho lasciato, verso la quale non nutro sentimenti. Che ringrazio perché mi ha permesso di studiare e lavorare ma che non amo. Milano la possono amare solo i milanesi, gli altri la usano. Certo, non così brutalmente, con eleganza e sotto le parole: è una città dinamica, alla moda, ricca di opportunità, ha un fascino nascosto...

Città che mi hanno colpita, oh sì, ne ho parecchie. Da Trieste a Torino e da Mantova a Napoli, passando per Roma. La Toscana, direte. Non per le città, ma per le sue pievi commoventi, per le colline e i cipressi e i borghi, così come l'Umbria, non per Perugia ma per Assisi e Spello. Non dimentico Catania e

Palermo e prima ancora Lecce. Più di Bologna mi attraggono Ferrara e Ravenna.

Cosa fanno le città d'estate? Oh, potessero addormentarsi al suono di un adagio suonato all'imbrunire e risvegliarsi quiete solo in autunno. Ma sono costrette a donarsi in tutte le stagioni e in tutte le ore. Resistono e resisteranno fintanto che ci saranno chi le percorrerà, chi li custodirà, chi le guarderà vedendole. Sono tutte delicatamente invecchiate ma conservano una bellezza integra, in parte dono naturale e in parte costruita nei secoli dall'arte dell'uomo. Che privilegio invecchiare in una città del cuore, o visitarle nei passaggi dell'esistenza. Ci restano solo loro. Non poco in un mondo che declina tra virus e lotte per il potere.

Siamo in Italia, nella culla della bellezza e le nostre città sono il lenimento, la musica, l'accompagnamento verso un'era che non ci vedrà e che lasceremo ad altri, sperando ne colgano l'incanto. Ma adesso, sì adesso, godiamone appieno. Non sono Dubai, Singapore, Tokio, Shangai, Città del Messico. E nemmeno Londra o Francoforte. Sono Trieste, Padova, Verona, Torino, Mantova, Ferrara, Ravenna, Roma, Napoli, Lecce, Catania, Palermo, Cagliari. Tutte così diverse tra loro e tutte così belle!

Mozart

Clarinetto

In un 'alba d'estate

      tra menta e basilico

Insinuano

      le note di Mozart

un nuovo giorno

      Magnifico e unico

come il primo

Le rondini inneggiano da prima

Gli uomini riposano

prima

Se non fossi qui.

Se non fossi qui, a casa di amici, non so dove sarei, né dove mi piacerebbe stare. Tanti bei posti al mondo ma così grande il vuoto da riempire che mi fa bene stare qui, in un posto con altri, ciascuno con i propri problemi, senza camuffamenti e che -solo per qualche tempo- sembrano diluirsi, complice una natura bellissima e l'insolita, pur se collaudata, vicinanza tra persone care.

Quanto bisogno si ha sempre del prossimo!

Di solito è un desiderio per condividere qualcosa di tanto in tanto con anime affini ma, ora, dopo che siamo stati tutti eremiti obbligati per più di tre mesi, è diventato un vero bisogno. Si chiacchiera, di tutto e mai di niente, ci si allunga un bicchiere di vino, si mangia insieme, ci si aiuta in cucina, si fa la spesa. La giornata trascorre tra i cambi di luce del giorno in giardino a ritmi quieti di pranzi sotto la pergola, riposini, progetti... C'è chi dipinge, chi scrive, chi legge, chi guarda la tv. Ci si rispetta, si condivide e si ha compassione, ognuno per la malinconia dell'altro, che diventa sopportabile se si è insieme.

Mi rendo conto che desidero stare ancora qui, che mi è insostenibile per ora pensare di stare di nuovo sola, che mi nutro di questa pausa, nonostante gli insetti e lo sguardo perplesso che, inevitabilmente, ognuno di noi può avere sull'altro, a volte.

Ma è talmente importante per ciascuno stare vicino agli altri che sembra bello anche il disaccordo o la critica bonaria.

Il mare, la montagna, il viaggio, per il momento, possono aspettare.

L'Aurora.

Nell'ora solare poco dopo le quattro, una linea luminosa d'oro e d' arancio si posa tra le due Basiliche: Sant'Antonio e Santa Giustina: sembra desiderare di unirle nell'annuncio dell'alba.

Passano minuti prima che il sole sorga e in questo formarsi del tempo gli alberi si risvegliano, gli uccellini mattinieri annunciano il giorno e cantano senza muoversi, mentre le ombre si dileguano quietamente.

La natura riprende il suo rito, come al primo giorno della creazione, con gli stessi tempi e quell'unico avvertimento per gli umani da quel dì: coltiva ogni cosa senza distruggere, con amore e pazienza come fosse il tuo spirito.

Grazia e attenzione per gli altri, per la terra, gli alberi, gli animali e la tua città siano naturali come il tuo respiro.

Sfiorivano le viole.

Ti capita mai di pensare all'inverno, quando d'estate ti stendi al sole? Meglio, alla fine dell'inverno, quando -come dice la canzone di De André- sfioriscono le viole.

Il desiderio umano si espande sempre. Ricorda, rimpiange, cerca, si dilata, sfiora. Quasi che il presente segni sempre e comunque un limite. Il desiderio di alcuni momenti del passato, la curiosità per i giorni futuri. Mai veramente saldi sul presente come invece ci insegnano i maestri buddisti. Che sia l'animo dell'uomo occidentale o un innato senso verso altro, ci protendiamo come fanno i rami degli ulivi, verso la ricerca dell'azzurro, quell'infinito e quell'assoluto al quale tendiamo da sempre.

È come riconoscere il limite dell'umano, anche nell'individuo più geniale e intraprendente. Cerchiamo un nuovo giorno, e poi un nuovo giorno ancora, mai sazi, mai paghi.

Eppure, c'è nella nostra struttura qualcosa che chiamiamo speranza che ci infonde fiducia e ci esorta a non disperare mai, e continuare a cercare dentro e fuori di noi un presente perfetto.

Che chiamerei Armonia divina.

In custodia.

Non ti vogliono male, non sono capaci di sentimenti emotivi, ma sono dotati di notevoli e primordiali istinti biologici. Ma, no. Non vi sbagliate, non sto parlando di poeti o pittori naif, mi riferisco agli insetti!

Che, delle meravigliosa campagna italica sono i legittimi abitanti da sempre e con i quali, solitamente, l'uomo convive in un tacito patto di non scelleratezza.

Ma capita, a volte capita, che la situazione diventi complicata e che il patto si rompa. Violentemente. Uno sciame di api impazzite che seguono la regina fuggita non si sa dove, i calabroni che non ritrovano il loro nido -distrutto dall'uomo perché dentro le travi di una stanza da pranzo-, mosche e sottospecie di ogni tipo, tafani assetati. Le zanzare serotine e notturne, a confronto, diventano innocui insettucoli che allontani con una citronella o una tavoletta. Mentre è lotta senza quartiere con gli altri.

Così, ritorni da una passeggiata o siedi all'aperto per una cena sotto il portico e ti ritrovi a pois. Pronta per antistaminici, antibiotici, cortisonici...

Ti tengono in custodia e ti ronzano intorno: tu non distruggere il nostro habitat, anzi meglio se te ne vai proprio, altrimenti la permanenza è a tuo rischio e pericolo. Siamo tanti e quando vogliamo sappiamo essere tremendi...

E ti viene in mente quel testo di Stefano Benni: Il Carnevale degli Insetti. Che ti aveva fatto ridere, un tempo, ma che ora, con le estati devastate da cambiamenti climatici e da paure di virus invisibili e persistenti, di passaggi da animali a uomo, di peso di anni, ti può anche far piangere...

In Pace.

Il desiderio di stare con gli altri, dopo mesi di solitudine e quello di stare all'aperto dopo mesi di clausura si accompagna con il bisogno di Pace. Dentro e fuori di noi. Non un augurio o un auspicio ma un bisogno profondo.

Pare di capire che ci sia una tensione a una minore litigiosità, a una maggiore etica nei rapporti e nelle negoziazioni. Tutto sembra volere fiorire bello e sano alla luce del sole. Come noi, che ci mettiamo al sole, in terrazzo, al mare o in montagna, in una piazza di città o in una gita in collina, quasi avessimo scoperto con occhi nuovi e pelle nuova il piacere di stare all'aperto. Sarà un'estate fresca, dicono, ma con tanto sole.

Alla grande politica nazionale e internazionale prestiamo orecchio ma non ci immischiamo più di tanto: ci fidiamo. Forse sì, forse no, ma adesso vorremmo essere lasciati in pace.

Noi, nel nostro orticello, guardiamo alla natura e alla creazione, alla città e alla relazione con un sorriso e una grande pace nel cuore.

In questo strano tempo abbiamo riscoperto lo spessore, il valore, l'importanza della relazione umana con quelli che ci somigliano e con i diversi da noi dei quali scopriamo la profonda umanità e la bellezza della diversità. Pace. Anche nella diversità di carattere e di vedute.

E adesso me ne vado a prendere un caffè al bar di Lucia e a fare due chiacchiere con lei e con chi ci sarà. Scopro sempre qualcosa di nuovo sull'Esedra e sul quartiere, sul presente e sul passato. Ad esempio, ho saputo che Lucia ha sponsorizzato, anni fa, una squadra di calcio giovanile "Esedra", fornendo magliette e tute. Chissà cosa scoprirò, oggi!

Città della Pieve vs Cetona.

Sosta. Vacanza in Toscana. Il cielo di stamattina, visto dalla finestra, era di un azzurro intenso. La sorpresa è stata quella di vedere, invece, la vallata ricoperta dalle nuvole e Città della Pieve scomparsa dentro di esse, solo una piccola cresta che fa pensare all'albero del vascello fantasma. Leggera e spumosa la forma bianca si muove, con un suo moto lento, disegna forme, si schiarisce e si incupisce, si dissolve in parte e si riforma in un altro spazio. Il vascello se ne sta immobile, come arenato su di una secca, poi, si scrolla le nuvole, riprende quieto e paziente la navigazione verso non si sa quale meta o quale sogno.

L'approdo sarà tra querce e cipressi, forse nel cespuglio di oleandro. Forse, anche. Di certo lo troveremo dentro agli uliveti, tra gli ulivi impazienti di schiacciare via l'ombra umida e ritrovarsi a stiracchiare al sole i rami nodosi palpitanti di piccoli frutti.

Il dialogo di Città della Pieve è con il Monte Cetona, il dirimpettaio verde che staglia la cima dentro il cielo limpido e pare sorridere da buon toscano e sussurrare alla cittadina umbra: stavolta tocca a te beccarti le nuvole!

E me le prendo risponde la Pieve, chiedo al venticello di spostarle un poco sopra il Trasimeno, lo rinfresco di ombra e magari di pioggia sottile, perché poi l'umbro lago le faccia risalire sopra i declivi delle frazioni che vi si rispecchiano e infine te le rimandi a incappucciare la tua cima: quando la montagna mette il cappello, oh cacciatore prepara l'ombrello...

Te la ricordi la rima caro vicino toscano?

Non vogliamo saperne.

Non vogliamo saperne più niente. Siamo grati ai telegiornali e ai giornali che si possono anche non vedere e non leggere. Del virus, del Mes, delle liti tra partiti, ora non ne vogliamo sapere. Ci serve una pausa da tutto questo per un periodo lungo. Un tempo dedicato all'ascolto del silenzio, alla ricerca della bellezza nel quotidiano, al dialogo con qualcuno, alla tenerezza e alla compassione.

Il frinire delle cicale cessa al chiaro di luna, quando inizia la serenata del grillo.

Il paesaggio ha le stesse formi collinari ma il colore dei girasoli e degli olivi, delle vigne e del bosco, pitturano un intarsio ogni anno diverso. I fichi stanno maturando, c'è già nell'aria il loro profumo.

Ieri sera c'era la rossa luna piena, l'ultima luna rossa dell'anno. I versi degli uccelli, il brusio delle api, lo scorrere del tempo, tutto richiede cura e attenzione.

Quell'attenzione che solitamente convogliamo nella lettura e nell'ascolto di notizie che punteggiano i pasti e aprono il giorno e la sera.

E che oggi lasciamo a loro stesse. E viene alla mente una poesia della Szymborska: "devo molto a coloro che non amo". Noi siamo grati ai giornali che non leggiamo.

Pagina bianca.

Ti aspetta, ti fa l'occhiolino. È lì, tutta nuova, devi solo trovare l'ispirazione e il coraggio per sporcarla o adornarla con nuove parole. Nuove per modo di dire, nuove solo per quella pagina, in quel momento: in realtà sono già state dette e scritte migliaia di volte e raccontano sempre le tragedie e i drammi umani, le stesse speranze, l'immaginazione di ciò che non è. Gesti quotidiani e grandi sfide. Passioni e guerre, eroismi e quiete disperazioni, canti e atti di fede.

Diverso è solo il modo di narrare. Ci giriamo sempre intorno alle parole, ma in fondo la domanda è sempre quell'unica. Dove sei Dio? Non siamo più in grado di raccontare, di vedere la strada. Dopo migliaia di anni, da che l'uomo ha preso coscienza di sé, noi ancora ti stiamo cercando, smarriti in questa continua Creazione. Noi partecipi con te di Te. Se tu ci facessi capire qualcosa, se ci potessi illuminare. Se ci potessi togliere dal peso della vecchiaia, della malattia e della morte. Se tu potessi portarci a Te semplicemente senza dolore.

La pagina non è più bianca, è stata percorsa dalle parole. Che oggi non sanno dire altro ma che vorrebbero elevarsi a preghiera, a poesia, a canto.

Pioggia d'estate.

La pioggia d'estate è come uno schiaffo, anche se si preannuncia l'accogli imbronciato, quasi ti pare di subire un torto. Invece è come dopo un capriccio da ragazzini. Il genitore è la Natura, in tutta la sua maestosa volitiva capacità e in tutto il suo ruolo.

Sembra voler dire: ci vuole acqua, non capite, non vedete che i prati e le piante muoiono di sete. Non possono mica prendersi la bibita dal frigorifero, come fate voi, viziate creature umane. D'accordo, ma le bombe d'acqua come a Palermo?

E ti pare che se ci fosse state una manutenzione decente ci sarebbe stato quel disastro? Mi pare che vi abbia avvertiti da tempo e per tempo, prendetevi lo schiaffone e andate a letto a riposare, a leggere, scrivere e meditare, a rinfrescare corpo e mente!

Quando.

Quando tornerai a casa dalle vacanze sarai la solita persona? No di certo, non si rimane uguali a sé stessi nemmeno dal mattino alla sera, con tutto quello che succede o non succede nell'arco di un giorno. Figuriamoci quando il giorno trascorre fuori dal rumore del mondo, in uno spazio collinare isolato dall'abitato, in una piccola comunità che include due cani, un ragazzino e cinque adulti. Più la signora che aiuta in casa e in cucina e il fattore che annuncia "fa caldo" sia che siano 25 o 35 gradi.

Quando comincia il cambiamento? Forse in una sera di rossa luna piena? O quando cominciano a brillare le lucciole? Forse in un bicchiere d'acqua presa alla sorgente o lungo il ronfare di un salottiero bulldog *very English*? Davanti una tazza di caffè o ascoltando il sussurro dell'oleandro e dei cipressi? Cerchi di cogliere il momento dentro le istantanee della tua mente ma non ti è dato di cogliere un singolo istante.

Come il filo sottilissimo che traccia il ragno, componi una rete aerea di pensieri e sensazioni che includono il tutto e il particolare: il volo delle rondini e il brusio degli insetti, ma dentro a un tutto inestricabile.

Come il caos della vita e dei pensieri.

Ti devi fermare.

Ogni pagina bianca richiede una sosta, una piccola sosta. Ti devi fermare, fermare il flusso dei pensieri astratti, spesso rivolti tutti al passato e agli irrisolti interrogativi, per guardare il giorno e il flusso del tempo concreto che attraversa le giornate e ti attraversa.

La nebbia sulla vallata non si è ancora sollevata, bisogna pazientare, è ancora presto, ieri è stato uno strano giorno di pioggia intermittente che ha lasciato nell'aria il suo mistero umido e impenetrabile: che cosa ci sarà davvero dentro la pioggia che disseta ma scombina e dietro le nuvole che coprono il paesaggio e disegnano strane forme.

I sogni della notte si sono dissolti al cielo azzurro appena nato eppure resta in gola un grido sottile, trattenuto, piccoli *regret*, nessun dolore ma una vaga nostalgia per ciò che scompare, come per quello che non sei riuscita a trattenere.

Attenzione! Bisogna lasciare andare il passato. Noi, poveri terreni, abbiamo a disposizione un arco di tempo così breve che non possiamo vivere di passato e ricordi, altrimenti rischiamo che ci sfugga il presente e questo non deve accadere altrimenti è come se ci fermassimo, se diventassimo statue di sale.

Ti devi fermare solo davanti la pagina bianca, per riempirla di appunti, di menù del giorno, di lista della spesa, di una nota da una trasmissione sentita alla radio e del titolo del libro suggerito da un amico. Un delizioso mix che ti richiami al presente.

Tre compleanni e un funerale.

Una strana estate questa del 2020. E la vacanza ancora di più. Nell'arco di una ventina di giorni si erano succeduti tre compleanni e un funerale. Cinquant'anni di una signora, trentasei di un giovane uomo e quindici di un tenero adolescente. Tutti festeggiati con gioia, torte, candeline dentro sere profumate. E Il funerale di un ultranovantenne in una chiesetta sperduta dentro le colline sopra una vista incantevole sul lago. Gli avvenimenti si succedono nella vita con una strana casualità come un intrico di fili aerei di cui non scorgiamo il disegno ma che hanno una loro lievità e naturalezza. E un ineluttabile destino.

Toscana.

Ti chiedi se sia cambiata da quando eri ragazzino e passavi le estati nel podere degli zii, con tua sorella. Appena finita la scuola, a Milano, vi portavano lì e ci stavate per tutta l'estate. Bei ricordi i tuoi, di stagioni calde all'aperto, di grilli e cicale, di ritmi antichi, di giornate passate con i contadini e i loro figli, di polli arrosto mangiati con le mani e maltagliati fatti in casa dalla zia, con tanto sugo. Era alta e altra Toscana.

Ora, da anni, frequenti quel territorio della Toscana ai confini con Umbria e Lazio, in collina. Distese di colline sopra la Valdichiana, dolci declivi ricoperti da olivi e viti, cipressi, pini marittimi, rosmarino, fichi. Un antico podere, trasformato, negli anni, in casa padronale con annesso uliveto. Un posto del cuore. Similitudini e differenze si affastellano nella mente. Ma gli occhi trattengono solo immagini che abbiamo già dentro, riportate a galla da piccoli fatti, segni, colori. I collegamenti sono sempre personali tra passato e presente e non sai mai quando ti capiterà di soffrire o gioire legando il passato al presente. Non dipende dalla tua volontà, è uno scherzo della mente.

Eppure, la tua mente scherza gioiosamente con te: la tua Toscana da piccolo riaffiora a ogni estate anche oggi: felice ieri, felice oggi. Semplice! Ti basta il contatto con la natura, il lavoro manuale come gioco, relazioni sociali quando richieste, sempre disponibile comunque.

Già, sei un uomo del passato o, forse, senza tempo. Perché il tempo non ti ha scalfito, né ha rubato niente. Oggi come ieri trovi appagamento con piccole cose e sai darti pace da solo, non chiede la medicina della compagnia, perché non hai vuoti da riempire. Ma sei grato se la incontri. Il tuo cuore è pieno di bei ricordi del passato e del concreto scorrere delle ore del presente.

Nessun rammarico. Nessuna nostalgia. Un quieto appagamento.

Quale grande fortuna amico mio!

AUTUNNO

Scrivo brevemente sulla notte all'Esedra.

Mi sono messa ad ascoltare Beethoven in terrazza, con lo sguardo sull'ultima luna piena, rossa. Vedevo e ascoltavo con tutti i sensi.

Una semplice notte di luna piena, una delle tredici lune piene di non so quale tradizione, che la descrive così:

Luna del cacciatore o Luna del Raccolto – Ottobre. Questa luna piena viene anche chiamata Luna del Sangue o Luna Sanguigna, oltre che del Cacciatore, e questo per ovvi motivi: in prospettiva dell'inverno bisogna raccogliere scorte di cibo. Nei campi che erano stati mietuti a settembre e ad ottobre è facile individuare volpi e altri animali da parte dei cacciatori. Questa Luna, probabilmente a causa delle incombenti minacce dell'inverno, era particolarmente riverita, vuoi nel Vecchio che nel Nuovo Continente...

Poi, dentro al buio della casa, con la finestra sulla luna che illumina la mia stanza, mi sono messa ad ascoltare il silenzio. Non solo il silenzio della notte, il silenzio dell'autunno. Rimanda alla stagione passata, a un'estate densa e consumata, a un nuovo appello. Ci sei ancora? O sei stata anche tu divorata dall'estate, come la foto di quella marmotta sgomenta prima che se la prenda la volpe? Sì, ci sono ancora. Che farai? Non lo so. Il frigorifero riprende il suo ritmico brontolio, ubbidiente, incessante. Ma ci sarà qualcosa che pensi di fare? Sì, credo di sì. Viaggerò. Andrò in cerca di altri posti con altre lune piene. Ecco uno scricchiolio: i legni hanno una loro musica. La casa non è d'accordo sul fatto che la lasci tanto spesso da sola. O, forse, seguirò nuovi corsi, ritornerò a scrivere. Adesso è la pompa dell'acqua con il suo impeto iniziale a dirmi che sì, così sta bene. Che mi occupi un po' di questo posto, insomma, non è mica un albergo! Per associazione d'idee penso a quante e quali persone la casa abbia già ospitate. Una costellazione di relazioni intense, tra figli, marito, amici, studentesse senza tetto. È bello potere ospitare qualcuno: riempire il vuoto di letti, terrazze, scrivanie, sedie, armadi... Anche se, in verità, armadi non ne ho, ma è per dire. I verbi danzano intorno: riempire, incontrare, chiacchierare, condividere, cenare. Quante parole disegnate dentro la scia della luna! Adesso è il rumore della caldaia che riparte a ricordarmi un altro verbo: riscaldare e riscaldarsi. Hai ragione, dico, che cos'altro c'è di più vitale!

Eh, fa un lontano brontolio, forse una moto notturna e assonnata sulla strada deserta, penserai mica di cavartela così? Ma come? Il tuo primo scritto di una nuova stagione, di un nuovo capitolo di vita e tu te la svigni con una piccola riflessione nostalgica?! Ma dai, animo animo, bevi un bicchierino e mettici un po' di ironia, che diamine! Vabbè, sul bere un bicchierino non ho difficoltà: ahimè, cosa non si fa per l'arte! Anzi ci metto anche una fogliolina di menta da quella cassetta di piante che mi ha regalato Maria Pia. Gin & Tonic with Mint! L'uva americana di Susanna è finita da quel dì, che buona, così come i pasticcini di Luciana e i pomodorini di Maria Elda. I delicati piccoli asciugamani sono in bagno ma per ricordarmi di Andreina basta che vada in terrazza e guardi a sinistra, dopo la Chiesa del Torresino e il Seminario, un po' più avanti. So che lei c'è. Racconto di due pagine mi dico: non mi sono mai resa conto di quanto dense possano essere due pagine. E pensare che ne ho date alle stampe più di 160, pura follia, visto che la mia è una scrittura privata e che potranno leggere e capire non più di dieci persone. Già, un po' di narcisismo… beh, beviamoci su.

Tutto a posto? Posso andare a letto… Guarda, guarda, la terrazza dirimpetto alla mia è ancora illuminata. Si accende solo in tarda sera, quando giovani amici si ritrovano e se la raccontano. So che cosa si stanno raccontando. Lui si chiama Dario, è sotto i 30, e ha chiesto un visto *working holiday* per l'Australia. Prima tappa Melbourne, così gli ho già dato il numero di mia figlia. Anche i miei vicini di pianerottolo, specializzandi in cardiologia, si ricordano di avere un cuore loro e, quando possono, si divertono in terrazza. Insomma, a ben guardare, ci sono un mucchio di spunti, oltre la luna, in questa casa.

Potresti fare meglio per il finale. Escludi la banalità, la classicità, la retorica, l'enfasi…

Sì, ho capito, così resta solo l'ironia: ma non può essere forzata a tutti i costi. Sarebbe ancora più stucchevole. Sapete che cosa mi piacerebbe fare? Vorrei parlare alla radio. Sì, a quest'ora tarda, per quelli che ancora non dormono e non hanno voglia di leggere ma avrebbero un sottile piacere ad ascoltare. Un adattamento radiofonico di tutto un po' dall'Esedra. Le voci giuste per la notte? Ma le nostre, ovviamente! Pettegole e svaporate noi signore, seri ed eccentrici i signori. E adesso buonanotte. Però… Radio Esedra non sarebbe male! Farò bei sogni…

Un Haiku

Luna splendente

Illumina la terra

Fuga la pioggia

New York: una città, tanti incipit.

Era stato l'inconsapevole ultimo viaggio prima della pandemia: New York e voleva raccontarlo. Inutile che tu ti chieda di non essere banale. Se vuoi parlare di New York devi correre questo rischio. Vorrà dire che se tutti hanno già visto e letto tutto, beh, pazienza. Oppure potresti fare così: disegnare un elenco di incipit per racconti della città. Provaci. Comincia da dove vuoi, magari da una suggestione piccola. Insomma, non partire dai grattacieli!

I canti del coro maschile, tutto in smoking perfetto, alla messa gospel di domenica, nel quartiere di Harlem. Una città nella città. L'eleganza dei neri, i loro abiti, i gesti, lo swing che hanno nel sangue, la forza della fede.

Il *brunch* domenicale, dopo la messa gospel di Harlem, pollo fritto con *wafel* dolce, della tipica cucina del Sud: Alabama, Georgia, Louisiana. Ora qui, da Silvia's, con la cantante nera che passa a dare il benvenuto canoro agli ospiti: *Italy is here, Spain is here, France is here...*

La lunga e bella passeggiata sulla "*High Line*" una vecchia ferrovia sopraelevata e trasformata, da quando le fabbriche si sono spostate fuori città e i treni merci non più necessari, che scorre sopra Chelsea e dispiega tutti gli sfoggi del fior fiore degli architetti, compreso Renzo Piano con il suo Whitney Museum.

E a proposito di musei, ne hai visti tre, il Guggenheim, il MoMa e il Metropolitan. Ti hanno lasciata senza fiato: il primo per l'architettura interna circolare, il secondo per i capolavori contenuti e il terzo per la vastità delle raccolte. Ci sarebbe voluta una settimana solo per quest'ultimo.

E vogliamo parlare di quando si accendono le luci di Manhattan con tutti i suoi splendidi grattacieli e ti trovi di fronte, a Brooklyn, a goderti lo spettacolo.

Non vorrai certo tralasciare la vista di NY dall'alto, sorseggiano un cocktail al top bar di un grattacielo, o l'atmosfera del jazz caldo nello scantinato, incoraggiata da un bicchiere di rosso!

Non puoi dire di avere qualcosa da riportare su cene gourmet e nemmeno sullo shopping, benché tutti sedotti dalle luci della

Fifth Avenue, tra negozi scintillanti e luci natalizie. Ma anche questo potrebbe essere un incipit: la seduzione…

Uno spettacolo di Broadway non poteva mancare, ecco allora le *Rockettes* al *Radio City Hall* nel loro spettacolare show natalizio, tra costumi colorati in un susseguirsi di balletti, video, proiezioni e con l'orchestra che sorge all'improvviso da sotto il pavimento e ancora cantanti e ballerini e ancora luci e costumi.

Il Central Park visto con la neve, e i bei palazzi che lo costeggiano, avrebbe meritato una lunga passeggiata, che non hai avuto tempo di concederti.

Ground Zero è un colpo al cuore! Due enormi fontane di marmo nero dove sorgevano le fondamenta delle due torri. Faceva molto freddo quel pomeriggio, il vento gelido sollevava le foglie autunnali in una danza sopra le fontane che pareva un monito: non dimenticate. Alle spalle una costruzione architettonica bianca, enorme colomba: l'Oculus di Calatrava, è sede di shopping e amenità. Magnifica costruzione ma non riesce ad alleggerire l'atmosfera.

Qualche rimpianto? Uno. E non si tratta né dei ristoranti alla moda né dello shopping nei grandi magazzini o nella Quinta e nemmeno della Statua della Libertà (vista da lontano). Si tratta della New York letteraria. Hai visto da fuori l'edificio che ospita la *New York Public Library* e hai solo potuto immaginare che libri possa ospitare. Però una consolazione: la *library walk*, dove sono state installate sul marciapiede un centinaio di placche di bronzo con citazioni di Borges, Camus, Dickens, Hemingway, eccetera, che tutti quelli che passano possono vedere e leggere.

E questo, in questa città bellissima e diseguale, ti sembra la chiosa giusta per la tua lista di incipit. O, forse, un altro incipit.

Oh no, aspetta, non puoi finire così! Cerca di ritrovare quel lampo che ti ha attraversato la mente, un guizzo appena, ma sufficiente a riempirti gli occhi di lacrime. Il lavoro. Tutto quel lavoro necessario per formare un capolavoro: pensare, ideare, progettare, costruire. Quante teste, quante braccia, quanto entusiasmo, quanta fatica. Ti ricordi quella magnifica foto dei muratori sospesi nel vuoto, in una pausa dalla costruzione del *Rockefeller Center*, e ancora ti commuovi per il lavoro dell'uomo qui e nel mondo.

L'amicizia.

(Forse una parabola)

Le due amiche passeggiavano. Non una passeggiata qualunque né per il luogo né per la circostanza. Erano sul Carso. Facevano quella gita ogni anno, nei giorni intorno alla festa dei Santi, per portare dei fiori a tutti quelli che giacevano lì sotto. Erano tanti. Se ne era perso il nome e la memoria ma loro due, nonostante l'età avanzata, mantenevano vivo il rito del mesto pellegrinaggio. Che restasse solo quello della loro amicizia, solo il rito di due anziane nostalgiche? La vita le aveva provate entrambe in lungo e in largo e, oggi, sarebbe stato troppo difficile ripercorrere le loro storie. E l'amicizia che le aveva sorrette nel corso del tempo sembrava dissolta, persa. Era doloroso.

Una porse all'altra un biscotto. Una tregua dai pensieri. Meglio parlare.

-Lo sai che il nostro Carso triestino ha dato vita al termine carsismo per indicare i comportamenti dell'acqua?

-Che cosa vuoi dire, quali comportamenti?

-Quelli come il tuo e il mio.

-Guarda che non ho voglia di battutine. Se hai qualcosa da dire su noi, dillo e basta.

-Allora, ecco, ci sono due fenomeni: il fenomeno dissolutivo e quello costruttivo. I comportamenti dell'acqua, intendo. Il fiume carsico passa del tempo sottoterra, l'acqua si inabissa e sembra perduta per sempre. A volte scompare davvero là sotto e a volte, invece, riaffiora più avanti.

-E questo che cosa c'entra con noi?

-Sei troppo intelligente per non capire.

-Senti, veniamo qui tutti gli anni. Portiamo i nostri fiori, recitiamo le preghiere e poi torniamo a casa nostra e continuiamo la nostra vita, così come l'acqua continua la sua e tu non ci puoi fare niente.

-Ma tu che acqua vuoi essere? Se non molli…

-Io mollo? Ti ricordo che nei momenti di buio, io, ci sono sempre stata.

-Lo so, è per questo che non possiamo esaurirci adesso. Certo, se vuoi, facciamo presto a chiudere e lasciare che il fiume scorra sottoterra. Ma può darsi che non si sia dissolto…

-Perché tu ti aspetti che ritorni alla luce?

-Senti, ci siamo tenute compagnia e ci siamo anche divertite tanto, il teatro, l'opera, la scrittura…

-Ma l'amicizia è un'altra cosa.

-Già l'amicizia è un'altra cosa. Ed è questo il momento di farla diventare un capolavoro.

-Uh, che parolone! Se intendi dire che ci vuole anche pazienza, sono d'accordo e credo di averne avuta abbastanza.

-Sì, intendo la pazienza ma anche lo sforzo del dialogo, quello vero. Tu, ti sei chiusa nel tuo dolore. Parliamone.

Come i *cenotes* messicani o i *sinklholes* australiani, il Carso triestino ha dato vita al termine carsismo per indicare i comportamenti dell'acqua che scorre sottoterra: due fenomeni, il fenomeno dissolutivo e quello costruttivo. Così nelle relazioni.

Se prevale il fenomeno costruttivo ci sarà un'acqua trasparente e profonda verità, si uscirà dall'ambiguità e dalla pretesa di cambiare il corso della natura. E tutto brillerà alla luce del sole. Se il fenomeno dissolutivo prevale e se lasci, hai perso davvero. Hai perso l'altro ma anche un pezzo di te stesso. Non ritroverai mai più quel filo d'acqua, non vedrà mai più la luce quella relazione.

Una vera amicizia richiede impegno e accettazione di tempi duri, a volte sotterranei, bui, di incomprensione, di dolore, di frustrazione e lacerazione se vuoi raggiungere lo scoperto e la bellezza di una relazione piena, nella sua profonda stabilità pur nel fluire della vita e dei giorni, con le sue anse e i suoi trabocchetti.

Capita a volte, anche senza colpe personali, che tra due amici non ci si intenda più. Ma questo non è sintomo di nulla. È solo invito a resistere per un tempo di attesa di cui non sai la durata. È il tempo della pazienza, di reggere anche per l'altro. Non ha senso voltarsi e andare perché non vedi più scorrere l'acqua. Attendi, prosegui e pazienta. Nella pazienza possiederai la tua anima ma anche quella dell'amico.

Venezia è donna

Piove. Risveglio con la sirena.

Caffè, giornale radio che racconta delle sirene, il solito solitario del mattino: abitudine alla tregua, a lanciare un ponte tra i sogni notturni e la realtà del giorno.

Di questo giorno di buio e acqua alta.

L'impotenza che si trasforma in rabbia per quegli uomini, per quel mare, per quel clima che cambia e invade la fragile laguna, la violenta.

Il mare e la sua laguna. Come padre padrone.

Lei che fin dall'inizio si era fidata di lui e che, proprio lì, aveva trovato scampo per le sue genti e aveva offerto al mare la sua bellezza festosa, splendente, unica.

Come tributo, come sodalizio.

Quel mare che, incalzato dal clima, oggi la devasta, geloso e goloso.

Lei impotente a difendersi. Stupida.

Credeva, aveva sempre creduto, che la bellezza che tutto il mondo ammirava, l'avrebbe salvata, nei secoli dei secoli.

Amen. Per dire mi arrendo.

Come fanno le donne.

Come fai tu, ferma davanti al solitario che non riesce.

INVERNO

Attenzione in prima, seconda e terza persona.

Sono morta il 17 luglio 2009, al tavolino di un bar in un pomeriggio di afa e nuvole nere, poco prima che scoppiasse il temporale. È stato un omicidio. Era la mia seconda morte. Ero già morta una prima volta il 30 settembre 1989, un mattino, mentre mi guardavo le mani e capivo. Anche questo era stato un omicidio. Non avevo fatto attenzione. Entrambe le mie morti mi hanno sconvolta e lasciata piena di paura. Il mio orgoglio si era frantumato, in mille schegge appuntite e sparse ovunque. Ma ho continuato a vivere. Estraniata ma viva. Sono vissuta e vivo tuttora per stillicidio. Gli anni mi hanno temprata. Sapevo che sarei sopravvissuta ai duri colpi del destino. Ora sono interessata alla vita oltre me, perché sono certa che ci sarà qualcuno che mi conoscerà, mi continuerà. Per questo ho scritto la mia storia, ora, d'inverno.

Vorresti dire: attenzione, però, attenzione! che non passino la vita subendo la realtà. Solleciti a varcare la soglia dell'immaginazione e a procedere spediti in un altro mondo. Tu vuoi che prendano tutte le poesie, invitino tutti i poeti e i pittori.

Speri ci sia qualcuno che insegni a guardare con sguardo lucido agli storici che intendono spiegare e ai filosofi che insegnano a porsi domande e seminare dubbi: tutti interessanti e senza risposte. Mentre sai che queste, le risposte, sono altrove. I poeti intuiscono, diresti, sono fulminei. Non spiegano, rivelano. Come alcuni pittori.

Antonio ha solo una cosa in mente: arrivare a destinazione. Per questo deve fare attenzione. Alla guida di quel bisonte non c'è da distrarsi un attimo. Prima, seconda, terza, ridotta. Affronta lucido e metodico la strada, annusando l'aria di nebbia o pioggia, sole a picco o ghiaccio, per portare merci da nord a sud e da sud a nord. Una vera follia. Il camion è la sua prima casa. Dentro il camion ha una cuccia per dormire, i suoi posti per benzina e bisogni sono sgranati nella traiettoria come quei disegni di righe che si intersecano a formare uno strano viso. Quando si ferma a riposare legge di tutto. Anche i racconti gli piacciono. Adesso ne sta leggendo uno di una svitata che scrive di essere già morta e si raccomanda a chi resta... "E abbiate solo una cosa in mente, una sola: cancellare l'ingiustizia: la povertà che umilia e l'avidità che instupidisce. Per salvarvi imparate a guardare la bellezza della natura umana attraverso l'arte e la musica. Sognate di avere un'anima immortale consapevoli che la poverina è umana quanto voi. Siete - non siate - il Sale del mondo, come scrive l'evangelista. I vostri gesti, i racconti che scrivete, l'amore che oggi offrite -anche con il duro lavoro- è sale per la vita vostra e altrui. Continuerete a essere Sale per la Terra, anche quando vi trasformerete, ci trasformeremo".

E Antonio pensa: Attenzione! Forse, questa qui, svitata del tutto non è.

Invecchierò senza di te

Con te già invecchiata.

Invocherò i miei sogni

che ti dormivano accanto

a raccontarmi altro.

Lunga l'attesa della resa

Breve l'inverno che resta.

Dialogo con Tamara de Lempicka

D'Inverno andava in Australia, quando lì era estate. Il bus navetta lo prendeva all'Esedra e l'accompagnava all'aeroporto Marco Polo: volo Venezia – Dubai. E da Dubai a Sidney. In visita al figlio e poi a Melbourne in visita alla figlia.

Aveva incontrato la pittura di Tamara de Lempicka a Sidney, per caso, ritornando da una gita in battello a Mainly. Un grande manifesto all'esterno del Museo di arte contemporanea, proprio a fianco dell'imbarco dei traghetti, sorprendeva per la vividezza dell'immagine. Raffigurava una delle donne della pittrice, sicure e spavalde, nitide. Era entrata nella Galleria senza sapere bene che cosa aspettarsi, attirata dall'audacia di una pittura quasi scolpita.

E qui rimase a lungo, presa o persa, in un dialogo immaginario con la pittrice.

-Ma come mai le tue donne sono così sicure? Chi dà loro tanta certezza?

-Se la danno da sole la sicurezza, senza alcuna certezza esterna. Sono semplicemente sicure di loro stesse.

-Che strano. Ho sempre pensato che le donne avessero bisogno di un plauso, una specie di certificazione esterna per capire se e quanto valevano.

-Credi sia stato facile? È proprio per questo lungo cammino delle donne verso l'autostima che io dipingo così.

-Vuoi dire che cerchi di dare loro una mano?

-Voglio dire che se si guardano davvero bene allo specchio dovrebbero capire che non sono solo creature angeliche ed eteree che altri vorrebbero che fossero. Sempre accudenti, sempre sfumate nelle visioni maschili con i mille aggettivi che può creare la pittura: belle, eleganti, sognanti, erotiche…

-Le tue invece…

-Le mie donne fumano, portano cappelli vistosi, accavallano le gambe, si fanno ritrarre in sottoveste. Hanno sempre il rossetto. Non sono sempre belle ma sono reali, come solo una donna le può dipingere. Queste sono le mie donne: orgogliose di esserlo. E io sono il loro specchio.

-Sì, capisco… ma non è facile. Sai che cosa penso? Che le donne facciano fatica a riconoscere il loro fascino quando si guardano allo specchio. Hanno ancora bisogno che qualcun altro lo dica loro, che sono belle. E non sempre ci credono se a dirlo è una donna.

-Lo so, ma questo è il mio modo, la mia pittura. Non vuole essere né consolatoria né salvifica, anzi, a volte può apparire addirittura sfacciata. Che non fa sconti. Quasi dura.

-E che cosa ti è passato in mente in questa natura morta?

-Lo stesso concetto: la durezza è la bellezza della verità.

-Cioè, spiegati meglio.

-Il tavolo è di marmo grigiastro, proprio quello delle nostre cucine e senza tovaglie a ingentilirlo. Un'arancia è spolpata, ne è rimasto solo il guscio vuoto. Cercavi una metafora? Eccola.

Anche gli altri oggetti: il barattolo di vetro e il cucchiaino di acciaio sono freddi.

-Sembra una sfida ad altri modi di intendere l'Arte.

-Lo è. Ma dietro o dentro questo apparente durezza c'è la realtà. Solo quella.

-Tu parli di durezza, di realtà, di verità. Ma credi sia proprio così necessaria all'uomo? Non è meglio ricorrere a una sosta, a un po' di poesia?

-Guarda. Guarda bene…

Tre Donne in Australia.

La svolta nella vita di Mary era imprevista e imprevedibile. Come se qualcosa si fosse rotto dentro di lei e i pezzi si stessero ricomponendo mescolandosi in modo diverso. C'era ancora tutto ma in un altro ordine. Dov'era finita la brillante professoressa universitaria trasferitasi per scelta lavorativa da Cambridge a Padova? Chi era quella nuova creatura che cercava il Prossimo in un Paese dall'altra parte del mondo? Ma non c'è altro modo di vivere se non accettando le sfide continue.

Ed eccola in Australia, dove pensava di unirsi ai colleghi delle due università di Sidney e Melbourne e collaborare ai nuovi programmi per la tutela dell'ambiente che scuotano l'inetto governo sobillato dalle lobby del carbone e del petrolio e con il Paese ancora in fiamme. Casualmente, viene a sapere di un altro tipo di focolaio: una protesta aborigena alle porte di Melbourne dove vogliono costruire una grande strada a quattro corsie, che passa proprio in mezzo a una foresta. Si tratta di un luogo sacro per gli aborigeni, con piante secolari e altre piantate legate alla sacralità di precise occasioni.

"La nostra cara vecchia democrazia dovrà ascoltare", diceva furibonda. "Se necessario andrò a Canberra a parlare al Parlamento, sventolerò tutti i miei titoli accademici e mi farò ascoltare".

A Melbourne decide di incontrare prima Nina Ripka, una studiosa di origine indiana -che Mary conosceva per avere letto sue ricerche- direttore del centro universitario di Ricerca Materiali e Tecnologie Sostenibili che le spiega con un sorriso e un po' di orgoglio che sta anche collaborando con un'azienda innovativa:

-Sedici miglia a nord di Melbourne c'è una strada pavimentata con l'equivalente di 200,000 sacchetti di plastica, 63,000 bottiglie di plastica e il toner esaurito di 4,500 cartucce. È la prima strada al mondo fatta di Recnophalt, una combinazione di materiali riciclati e asfalto. L'azienda che ha sviluppato il materiale, in stretto contatto con i reparti di ricerca delle varie università, si chiama *Close the Loop* (chiudere il cerchio). A oggi centinaia di miglia di strada sono state messe in posa usando il Recnophalt e sperimentazioni si stanno conducendo anche in US e UK. Tutto è nato da un problema che, come spesso accade, si è poi rivelato essere un'opportunità. La Cina aveva smesso di accettare gran parte del materiale riciclabile del mondo e molti Paesi si erano trovati a dovere fare i conti con il problema dello smaltimento. L'Australia si è sentita la responsabilità di iniziare una campagna per il contenimento del consumo di materiali e cercare forme innovative di riciclo. Alla fine, l'obiettivo è di evitare che la plastica finisca nell'Oceano!.

Mary noleggia una macchina e se ne va verso Ararat, cittadina rurale a duecento chilometri a ovest di Melbourne, dove conta di incontrare la comunità aborigena e sapere di più della loro protesta. E mentre guida pensa alla passione di Nina, appena incontrata, al suo genio, alla sua dedizione e semplicità. Certo, sarà un bel salto mentale si dice: dalle nuove ricerche e tecnologie per il riciclo alla protesta aborigena per salvare degli alberi sacri! O forse no, è tutta una stravagante continuità...

Per decine e decine di generazioni quel piccolo paradiso tra le colline del sud est dell'Australia, nello Stato del Victoria, era stato il santuario delle donne del popolo *Djab Wurrung*, dove andavano a partorire all'ombra di maestosi alberi della nascita e dove le placente erano lì sepolte per continuare a collegarsi con il loro spirito.

-Questo è quanto. Questo è il posto sicuro delle nostre donne, le dice Dorothy.

E continua:

-Presto arriveranno i bulldozer in questa terra sacra perché il Governo dello Stato del Victoria vuole realizzare il progetto di allargare la strada da due a quattro corsie.

Le proteste vanno avanti da più di un anno e decine di manifestanti si sono accampati a turno su di una striscia di circa 7 miglia, per richiedere che il progetto venga cancellato. E adesso, dopo che il ministro per l'ambiente ha respinto la richiesta, i dimostranti hanno due settimane per sbaraccare.

Poi Dorothy, incinta di sette mesi, la prende semplicemente per mano e la porta a vedere il suo lavoro, nel suo studio, ovvero una grande baracca piena di stoffe, di legni di tutti i tipi e misure, di cortecce, di colori, di dipinti in corso, dove lavoravano tre donne che le avrebbero sorriso con la bocca e con gli occhi.

Le Donne sono capaci di fare dei viaggi cosmici, si diceva Mary, di passare dalla preistoria al futuro, di amare e di non odiare, o di tornare ad amare dopo avere sofferto e pianto. Di chi parlava: di lei, di Nina, di Dorothy? Forse di tutte.

I lavori erano straordinari. Riprendevano dallo stile antico della *dream way* e delle vie dei canti per interpretare in maniera moderna, ciò che oggi sentivano. La loro visione come donne, come aborigene, come madri di figli senza futuro, come abitanti di un Territorio sconfinato e limitato. Il Mondo. C'era tutto questo nei loro lavori: la terra, gli alberi e gli animali, i fiumi e le rocce e tutti i loro simboli sacri.

Dorothy era solita tracciare il grande disegno iniziale sulla carta o sulla stoffa e iniziava il puntinismo che poi continuava ad essere eseguito con pazienza e perfezione incredibile dalle altre donne. I colori erano tutti naturali e al posto dei pennelli dei piccoli o piccolissimi bastoncini di legno. Sulla sua strada Mary sapeva di avere incontrato il Tempo la Pazienza la Storia.

-Se questa terra viene distrutta, dice un'anziana dei Djab Wurrung che lavora lì, sarà la fine di molte cose per la nostra cultura. Miglia di alberi che per noi hanno un grande significato verranno tagliati. Non potremo più dipingerli, perderemo il collegamento con gli spiriti guida.

I manifestanti, aborigeni e i bianchi sostenitori, chiedono che l'intera area venga protetta, argomentando che gli alberi della nascita non possono essere separati dalla terra attorno ad essi, cioè non possono essere trasferiti altrove.

-Non si può riconoscere un santuario dalle sue singole parti. Devi riconoscere la chiesa nella sua interezza, sostiene una ragazza bianca. Prendi ad esempio l'incendio che ha devastato la cattedrale di Notre-Dame. La distruzione degli alberi dei *Djab Wurrung,* alcuni dei quali sono vecchi come Notre Dame e hanno a loro volta una grande importanza culturale, non dovrebbero destare lo stesso cordoglio?

Mary era fortemente impressionata da quanto forte e integrale fosse il legame tra la terra e l'identità degli Aborigeni Australiani, una delle più vecchie popolazioni del mondo. Nel territorio dei *Djab Wurrung,* come in molte altre aree, i ricercatori storici hanno documentato i massacri del popolo Aborigeno da parte dei coloni bianchi che si sono presi la terra per coltivarla. È passato molto tempo ma poco è stato fatto: il popolo Aborigeno continua a soffrire di povertà, malattie, uso di sostanze e carcere. Mary vede che le proteste continuano lungo la strada, i dimostranti non stanno sbaraccando ma parlano di abuso di potere, di trattamento vergognoso di un popolo Indigeno Australiano che vuole riconnettersi alle proprie radici, salvare una parte della propria identità.

E fu uno spasso vedere Mary, in piedi nell'emiciclo del parlamento australiano a Canberra, parlare a favore di quel clan aborigeno. Affermò che il suo non era un atto di protezione verso i più deboli ma di un forte che difende un altro forte dai soprusi. La forza degli aborigeni era scritta nella loro cultura basata sulla simbiosi con la natura e sull'arte pittorica. Gli occidentali li avevano sempre sentiti diversi solo perché fisicamente diversi e perché non avevano una cultura scritta. Ma la loro cultura era molto più antica e sarebbe resistita per altri secoli si si fosse data loro la possibilità di continuare a vivere non confinati in un recinto o in case occidentali, ma liberi nei loro territori.

-Siamo noi occidentali, che pretendiamo di avere la detenzione della civiltà e della democrazia, a dovere riempire di senso queste due parole, accettando che ci sia un'altra forma di civiltà e un altro modo di vivere pacificamente. Vi chiedo di lasciare loro queste terre delle quali parliamo oggi, senza vincoli, senza che vi siano atti di vendita e che si ravvisi alcuna necessità di raddoppiare una strada da due a quattro corsie!

Questo sarebbe un alto di civiltà nonché di estrema giustizia per il popolo nativo che vi ospita. Che ci ospita.

Se avesse avuto un banco e una scarpa ai piedi, invece di un leggero sandalo, avrebbe sicuramente battuto la scarpa su quel banco, alla Krusciov, ma si limitò a ergersi, a tirare un grande respiro e a guardare negli occhi i poveri deputati che rimpiangevano di essere lì e non già in vacanza.

Oltretutto, una decina di *dijdgeridoo* aveva cominciato a suonare fuori dal parlamento, a sostegno di ciò che Mary stava sostenendo.

E quel suono scuro, di una misteriosa, impenetrabile natura sembrava in qualche modo minaccioso.

Lettera.

Gentile Signora Maria,

È bello questo scambio di lettere tra due sconosciuti. Anche se, in fondo, ci conosciamo già un po' attraverso Irene Io so molte cose di lei e sono sicuro che lei saprà molte cose di me. So che lei legge ancora molto, che ha una mente lucida e vigile e che le piace fare i cruciverba. Anch'io leggo molto. Non ho fatto studi regolari ma mi sono sempre interessato di politica e così ho letto libri di storia e le biografie di molti personaggi importanti: Churchill, Kennedy, Napoleone ecc. Ho anche letto il librone su Mussolini scritto da Scurati e se vuole glielo presto volentieri. E poi, non so se lo sappia, gioco a dama e a scacchi e ascolto volentieri la radio, proprio come fa lei. Le volevo dire, insomma, che abbiamo molti interessi in comune; prima di tutto Irene. Io ho avuto una vita difficile e solitaria e questa donna è un raggio di sole, una luce che illumina e scalda, e la sua gentilezza mi ha conquistato. Le ho chiesto molte volte di venire a vivere con me ma lei non vuole venire meno all'impegno che ha preso con lei e con i suoi figli e io non posso e non voglio forzarla. Anzi, la ammiro per questa sua fedeltà. E quindi mi rivolgo a lei, signora Maria, perché sia lei a trovare una via di uscita per la nostra situazione. Cerchiamo, la prego, di non fare come due pretendenti gelosi e cerchiamo di non fare soffrire Irene, alla quale vogliamo tutti e due molto bene. Piuttosto, rinunciamo tutti e tre alla sofferenza. Che cosa voglio dire? Intendo dire: cerchiamo di trovare una soluzione che ci faccia stare bene tutti e tre. Invece di rassegnarci a una perdita, per uno di noi due, proviamo a stare insieme tutti e tre, nell'appartamento dell'Esedra. Forse non sarà immediatamente facile una convivenza ma possiamo provare a inventarci una nostra routine. Se venissi a stare da lei, io pagherei una quota di affitto e di tutte le spese per la casa, e mi darei da fare per dare una mano in tutto quello che serve. Potrà fissare lei la cifra, d'accordo con i suoi figli. Ho un lavoro e una casa e sono economicamente indipendente. Non so se sa che ho anche un orto che coltivo con piacere e so che lei è una "fruttariana". Ho alberi da frutta: due meli, due peri, un caco, un susino, un albicocco, due peschi e perfino qualche filare di uva americana che fa da pergola. Ci potremmo stare dalle primavera, sotto la pergola, a giocare a dama e a carte. So che lei ha una casa grande e quindi ci potrà essere spazio anche per me. Uno scambio. A volte, le soluzioni ci vengono incontro. Nessuno dovrebbe stare da solo, arrivati a un certo punto della vita. Ci dovrebbero essere delle comunità di racconto, chiamiamole così. Un posto dove trovarsi e raccontarsi le proprie storie, il lavoro, i viaggi.

Ecco, il nostro potrebbe essere una specie di viaggio, pieno di cose da scoprire insieme. Neanche noi siamo più giovanissimi e l'opportunità di scambiarci le nostre esperienze sarà come un lungo racconto che ci terrà compagnia. Dovremmo avere tutti e tre grande compassione l'uno dell'altro, perché tutti siamo esseri umani destinati a invecchiare, ammalarci e morire. Farci compagnia vorrà dire volere il bene dell'altro fin che siamo su questa terra e aiutarci nel momento del vero viaggio. Nella sua ultima lettera mi raccontava che vorrebbe che le sue ceneri fossero sparse in un corso d'acqua. Le posso giurare che sono pronto a esaudire il suo desiderio. Ma nel frattempo le chiedo di accettarmi, di accettare la mia presenza e il nostro amore, di Irene e mio, che la inonderà di calore umano. Per quanto mi riguarda, non vedo l'ora di cenare tutti e tre insieme tra chiacchiere e qualche brindisi e poi abbracciare la mia Irene tutta la notte. Non è una cosa romantica, è una necessità. E non c'è altra ragione che l'amore dietro al coraggio di scrivere questa lettera.

Giovanni

Commozioni natalizie.

Ricordo che mio padre, fattosi anziano, aveva spesso lacrime improvvise e imprevedibili in situazioni dall'apparenza normale.

La commozione avviene per cose piccole ed è qualcosa che ti permette di cogliere il sublime dentro la mediocrità del solito.

La mia si è costruita per momenti colti o suggeriti da veloci istantanee. La prima: una serie di foto condivise da Maria Pia che mostrano sue amiche ospiti sedute in cerchio intorno a un libro: un'icona, un totem. La partecipazione, lo stare insieme, incontro di uguale misura.

Il secondo flash è un bambino piccolo che gattona verso un grande albero di Natale. Sembra il Piccolo Principe in cerca della sua rosa, di qualcosa che sa esistere, anche se ancora non sa. Chissà lo stupore per quell'enorme oggetto scintillante, quale curiosità: il suo desiderio di toccare, di assaggiare, di conoscere. Il nipotino di Susanna mi ha condotta al mio nipotino mancato.

Anche la leggerezza, non solo il rammarico, è fonte di commozione. Gli auguri di tutti gli amici sinceri.

Commozione per lo scambio con persone che hai incrociato nella vita e per tutti i sottili fili di una rete di legami, che a volte ti sorprende.

Commozione per un Natale con il viso rivolto al sole, seduta sopra una roccia, in un giorno d'inverno freddo e luminoso, senza pranzo.

Commozione per queste mani vuote di doveri a reggere un cuore che ancora si offre ai suoi figli lontani, sentiti al telefono, al compagno di naufragio, agli amici reali e a quelli di carta dei suoi personaggi.

Tutti veri e commoventi.

La gioia di scrivere.

Non è strano che con il tempo la gioia di scrivere si trasformi?
Persa l'immediatezza la gioia si riveste di uno slancio cauto, di
parole imbrigliate nella mente e imbrinate dagli anni. Prima
potevi scrivere di dolore lancinante, di ricordi struggenti, di
ferite sanguinanti. Ora si fa più quieta la lingua e le parole sono
così ricercate che sembrano svanire (o svenire) nelle loro lettere,
una per una. In uno spazio che rimane limpido o, forse,
finalmente limpido e libero da orpelli di scelte e giudizi.
"Come scrive bene questo, che bella forma quello, che contenuti
banali l'altro ..."
Anche la scrittura diventa accettazione. Di altri e di te. Riscopri
con tenerezza ciò che scrivevi da giovane piena di ideali e di
rabbia furibonda per il mondo che volevi cambiare. Risenti sotto
i piedi la pietraia del dolore che hai attraversato. Ma ora lo scritto
si ammanta di compassione, quella a lungo cercata e mai
sinceramente trovata. Ora sì. Adesso è l'ora.
E pur rimane intatta la gioia di posare un pensiero, di dare vita a
un racconto, di inventare una favola. Solo è cambiato il gesto.
Non scrivi per ricevere un plauso. Scrivi per rivelare te a te
stesso e regalarti agli altri.

9 798670 481182